La gitane

COLLECTION FAUBOURG ST-ROCK
directrice: Marie-Andrée Clermont

Marie-Andrée Clermont

La gitane

Roman

ÉDITIONS PIERRE TISSEYRE

5757, rue Cypihot — Saint-Laurent (Québec) H4S 1R3

Les Éditions Pierre Tisseyre remercient le Conseil des Arts du Canada du soutien accordé à son programme d'édition dans le cadre du programme des subventions globales aux éditeurs ainsi que la SODEC et le ministère du Patrimoine du Canada.

http//ed.tisseyre.qc.ca
E. mail: info@éd..tisseyre.qc.ca

Dépôt légal: 4e trimestre 1996
Bibliothèque nationale du Canada
Bibliothèque nationale du Québec

Données de catalogage avant publication (Canada)

Clermont, Marie-Andrée

    La gitane

    (Collection Faubourg St-Rock ; 20).
    Pour les jeunes.

    ISBN 2-89051-630-X

    I. Titre. II. Collection.

PS8555.L47G57 1996   jC843' .54   C96- 940745-9
PS9555.L47G57 1996
PZ23.C53Gi 1996

Logo de la collection:
Vincent Lauzon

Illustration de la couverture:
Odile Ouellet

IMPRESSION   **Métrolitho**
Sherbrooke (Québec)

10832

L'auteure tient à remercier chaleureusement Andrée, Sophie et Denis Laberge pour leurs précieux conseils en matière médicale.

Qu'il est difficile d'aimer
Qu'il est difficile...

(Gilles Vigneault)

L'amour est un je-ne-sais-quoi,
qui vient je-ne-sais-où
et qui finit je-ne-sais-quand.

(Mlle de Scudéry)

1
Pluie sur le faubourg

— Au revoir, Marc-André! dit Simone Lévesque en lui tenant la porte ouverte. Et merci. Je ne sais pas ce que je ferais sans toi.

Bébé Julia dans les bras, elle sourit d'un air fatigué au grand adolescent qui vient s'occuper de ses trois fils deux soirs par semaine après l'école.

— Bonsoir madame Lévesque, répond-il; salut, les p'tits monstres.

— Salut, grand monstre! rétorquent les deux plus vieux, du tac au tac.

Mais Benjamin, deux ans et demi, se cramponne à ses genoux.

— Va-t'en pas! pleurniche-t-il. Veux que tu restes, bon!

L'adolescent s'accroupit et plante ses yeux dans ceux du garçonnet.

— J'ai des emplettes à faire, mon vieux, et il faut que j'aille souper. Mais je reviens dans deux jours. Montre-moi deux jours avec tes doigts.

Oubliant son chagrin, le bambin lève fièrement le pouce et l'index, et Marc-André ébouriffe sa tignasse frisée.

— Là tu parles. Les p'tits monstres, s'il fait beau jeudi, on va organiser un grand chantier de construction dans le carré de sable.

Marc-André descend l'escalier au son de leurs cris enthousiastes et il sourit. Depuis trois mois qu'il s'occupe des jeunes Lévesque plusieurs heures par semaine pour rembourser une dette au Dr Pontchartrain[1], Marc-André s'est attaché à eux. Non sans surprise, il s'est rendu compte qu'il a le tour avec les jeunes. «Ça fait du bien de retomber en enfance de temps en temps, songe-t-il. On oublie la mocheté de la vie.»

---

1. Dans *La marque rouge,* Marc-André a causé des dommages dans un restaurant et le Dr Pontchartrain, qui l'a tiré de ce mauvais pas, lui a proposé ce travail de garderie en guise de remboursement.

Mais sa bonne humeur s'envole sitôt qu'il est dehors. Une pluie diluvienne transforme les rues en rivières et les pelouses en marécages.

— Déjà une semaine que le ciel nous tombe sur la tête, grommelle le jeune homme. Il serait temps que ça finisse.

Naviguant à travers les trombes d'eau, il cingle vers le centre commercial. Depuis qu'Isolde et Christian travaillent tous les deux, Marc-André se retrouve en charge de l'épicerie quotidienne. «J'espère que les mois de vaches maigres vont finir maintenant que mon frère a trouvé une vraie job!» rumine l'adolescent, qui en a marre des économies de bout de chandelle qu'on lui impose: le lait en poudre (pouah!); l'eau chaude au compte-gouttes; le concentré d'orange qu'on dilue jusqu'à fadeur absolue; les savonnettes recyclées à l'infini; les restes de table qui n'en finissent pas de finir; le rationnement des biscuits, du dentifrice et du pain... «Et la sempiternelle course aux rabais, marmonne-t-il en révisant mentalement sa liste d'emplettes. Et dire qu'on a deux molosses à gaver, par-dessus le marché!» Il est lui-même continuellement affamé depuis sa récente poussée de croissance qui lui donne maintenant un mètre soixante-dix-huit et quatre-vingts kilos.

Serrant les poings d'impuissance, il hâte le pas, saisi d'une impérieuse envie de casser quelque chose. Il ne peut rien faire. Il est pris dans un étau. Ses parents l'ont installé de force au faubourg St-Rock.

Il habite chez son frère et sa belle-sœur, dans un quatre-pièces à peine assez grand pour trois, et, par surcroît, Isolde attend un enfant. «Un couple avec un bébé a besoin d'intimité», bougonne-t-il intérieurement.

En plus, l'année scolaire vient de commencer. «Je vais à l'école pour avoir un avenir intéressant, songe-t-il, mais j'ai de gros doutes. Mon frère est bardé de diplômes et il a été préposé dans un club vidéo pendant des mois. J'entreprends ma cinquième secondaire sans avoir la moindre idée de ce que je vais faire après.»

Un tumulte attire son attention à l'angle du boulevard de La Passerelle et de la rue de l'Oasis, où un embouteillage monstre bloque le trafic. Un routier engueule une cycliste qui l'a obligé à faire une manœuvre désastreuse: l'habitacle de son camion est coincé entre un poteau téléphonique et une clôture, et sa remorque gît sur le flanc, dans la diagonale de l'intersection, son chargement de planches s'étalant sur la chaussée. *Les entreprises Le Forestier, L'Islet, Québec,* lit-on sur la portière du chauffeur. Écumant de rage, le camionneur attend la dépanneuse en se défoulant sur la responsable de cette calamité.

— J'aurais pu te tuer, espèce de tête de linotte! Tu te retrouverais écrabouillée sous mes roues! Quand on ne sait pas rouler à bicyclette, on se tient loin de la voie publique, *sacrament!* T'es maudite-ment chanceuse que j'aie eu le réflexe de monter sur le trottoir. Y était moins une, hein! On devrait t'enlever le droit de rouler sur ta foutue bécane. Non mais, vois-tu dans quel pétrin tu m'as mis! J'ai une livraison à faire à Hull, ce soir!

Un peu plus et il se jetterait sur elle, si bien qu'un témoin alarmé juge prudent de s'approcher afin d'intervenir au besoin. La jeune cycliste subit ce torrent d'invectives avec une indifférence arrogante. Si elle a eu peur au moment où sa vie était mise en péril, elle le cache bien. Pas le moindre remords apparent, aucun signe montrant qu'elle se sent coupable d'avoir causé cette esclandre ou qu'elle est soulagée d'avoir échappé au danger. Au contraire: les mains serrées sur son guidon, elle subit l'algarade sans broncher, sans éponger son visage ruisselant. Ses cheveux noirs s'éparpillent sur ses épaules, complètement mouillés. Marc-André, dont le regard demeure rivé sur elle, remarque les frissons qui l'agitent, mais elle ne baisse pas les yeux pour autant. «Quelle idée de se promener en chemisier de coton par un temps pareil!» se dit-il. C'est alors qu'il aperçoit, par terre, les vestiges déchirés d'un blouson imperméable jaune. Il ne peut s'empêcher d'admirer le calme imperturbable de la fille.

— Ça t'écorcherait la langue de me dire merci? crache encore l'homme, au comble de l'irritation.

Et cette fois, il s'élance, mais son gardien improvisé le retient fermement par les épaules. Des automobilistes défoulent leur impatience en

klaxonnant, tout en sachant la manœuvre parfaitement inutile. «Tas de moutons! voudrait leur crier
Marc-André. Il suffirait que les derniers arrivés
reculent pour libérer l'intersection.» Mais voilà
qu'un quidam sorti de nulle part se dirige résolument vers le bouchon. À grands gestes, l'homme
coordonne le dégagement. Il invite les voitures
venues du nord à bifurquer, une par une, par la
ruelle située derrière la boulangerie de la Dague,
éloignant les curieux pour que les chauffeurs
puissent faire marche arrière sans danger. Puis, il
s'avance au milieu de l'intersection et, en faisant
circuler les véhicules, à gauche ou à droite, en
avant ou en arrière, il crée un espace par lequel, en
montant sur le terrain de l'école secondaire, les
voitures en provenance de l'ouest peuvent
rejoindre la rue de l'Alliance et poursuivre leur
route. La même voie sert aux policiers qui finissent
par s'amener, sirènes hurlantes. Se fondant aussitôt
dans la foule anonyme, le quidam leur cède la
place.

Profitant de la diversion créée par l'arrivée de
la police, la cycliste enfourche son vélo et s'éclipse
sans demander son reste. Curieux, Marc-André la
regarde s'éloigner à une vitesse d'enfer, zigzaguant
entre les voitures, conduisant son bolide comme
une maniaque. «Elle va finir par se tuer pour de
vrai!» songe l'adolescent, affolé par son tricotage
intrépide. Après une série de louvoiements
audacieux, elle fonce vers le sud par la ruelle qui

passe derrière le restaurant *Chez Fimo* et Marc-André la perd de vue.

Revenant à la réalité, le garçon se secoue. «Des plans pour que j'arrive en retard à l'épicerie! marmonne-t-il en regardant l'heure. Tout ça pour une idiote qui n'est même pas foutue de réussir son suicide!» La pluie a encore redoublé et il presse le pas, le menton dans son blouson.

Mais il n'arrive pas à chasser de son esprit la belle amazone dont la pluie moulait si agréablement le corps de déesse sous son chemisier violet.

○

Au grattement de la clé dans la serrure, les deux chiens se redressent, les oreilles dans le crin. Reconnaissant Marc-André, ils viennent mendier une caresse, puis retournent dans leur coin.

— Marc-André, je suis contente que tu arrives! s'écrie Isolde en accourant à sa rencontre. J'ai écrit une lettre et j'ai... Oh mon Dieu!

Elle s'interrompt en apercevant son beau-frère dégoulinant dans la porte. Jetant sa lettre sur le guéridon de l'entrée, elle prend les sacs qu'il lui tend et les porte à la cuisine.

— Maudite pluie! grogne l'adolescent en s'ébrouant. Ça rend les chauffeurs agressifs. Ils ne pensent rien qu'à rouler dans les flaques.

— Si ça peut te consoler, j'y ai goûté aussi en revenant du club vidéo, dit Isolde. J'étais tellement transie que je me suis fait du thé. En voudrais-tu une tasse? Il est encore chaud.

— C'est pas de refus!

Après une période d'adaptation chaotique, Isolde et Marc-André sont devenus de bons amis. Quand ils sont seuls ensemble, le jeune homme n'a aucun problème à bavarder avec sa belle-sœur. Il a subi une désintoxication au printemps et Isolde le soutient dans ses efforts pour rester abstinent. C'est quand son frère est là que Marc-André se sent de trop. Il n'a pas envie de jouer les voyeurs mais, malgré ses efforts pour être discret, il surprend souvent des signes d'affection entre les amoureux. Baiser par ci, caresse par là, allusion coquine, clin d'œil, mot doux, et quoi encore... Il ne s'y habitue pas.

C'est grâce à Isolde que le jeune homme tient le coup. S'il accepte de s'imposer des privations en muselant sa grogne, s'il ne se décourage pas dans sa lutte contre la dépendance, s'il se dirige vers l'école chaque matin malgré son désenchantement, c'est parce qu'elle réussit à lui faire entrevoir le beau côté des choses. Elle a eu sa part de malheurs dans le passé. En outre, depuis le début de sa grossesse, elle fait de l'hypertension et elle doit prendre mille et une précautions: elle suit une diète sévère, elle fait des exercices précis quotidiennement, et plusieurs activités lui sont déconseillées. En plus,

14

pour boucler le budget familial, elle a repris l'ancien emploi de Christian au *Vidéo du Verseau*. Car même si ce dernier travaille maintenant comme ingénieur, il ne gagne pas grand-chose: la firme qui l'engage n'est en affaires que depuis peu et n'offre pas de gros salaires. Et malgré tout, la jeune femme sourit. Le courage et la force morale qui se cachent sous sa fragilité servent de modèles à Marc-André.

Lorsqu'il entre dans la cuisine après avoir passé des vêtements secs, Isolde a déposé une tasse fumante à sa place. Il en boit une gorgée.

— Ça fait du bien! dit-il. Merci. Alors, c'est quoi cette lettre?

Pour toute réponse, Isolde lui tend un papier et s'installe près de lui.

— C'est juste un brouillon, mais avant de l'écrire au propre, j'aimerais que tu corriges mes fautes. J'ai tellement de mal avec l'orthographe!

— Donne, voir...

Montréal, le 10 septembre

Chers Bobbie et Félix,

Je veux vous dire merci du fond du cœur d'avoir été avec nous samedi dernier. Je sais que c'est loin, Moncton, et que vous vivez au ritme fou de la vie étudiante, mais vous êtes quand même revenus au faubourg pour notre mariage et, franchement, ça n'aurait pas été pareil sans vous.

Félix, la marche solanelle que tu as jouée à la fin de la messe m'a remuée jusqu'à l'âme (et Christian aussi). Et Bobbie, où as-tu déniché le merveilleux poème d'amour que tu as lu pendant la communion? Chose certaine, ta belle voix l'a rendu inoubliable. Peux-tu me l'envoyer que je me rappelle de temps en temps le plus beau jour de ma vie?

Vous êtes des amis en or et je vous embrasse avec toute mon affexion. Passez un bel autonne et au plaisir de vous revoir à Noël.

Isolde

— Tu as un style épatant pour quelqu'un qui parle français depuis seulement trois ans! apprécie Marc-André. Il y a quatre mots mal orthographiés, je les ai réécrits par-dessus: rythme, solennelle, affection, automne.

Voyant les yeux d'Isolde s'embrumer, il affirme avec ferveur:

— C'est *vrai* que c'était une belle journée, *et vous avez bien fait, O.K.!*

Dans un geste qui lui est devenu familier, la future maman caresse son ventre arrondi. Un soupir lui échappe, mais elle se secoue. Elle ne veut pas laisser des pensées moroses ternir son bonheur. «Et tant pis si ton grand-père ne veut rien savoir de toi, *mi querida*[2], dit-elle mentalement à sa fille. On se débrouillera sans lui, tu verras!»

Marc-André lui tapote maladroitement le bras.

---

2. Ma chérie (en espagnol).

— Oublie ça, murmure-t-il. Allez, viens, on va préparer le souper.

○

— Ça va mal! fulmine Christian en entrant dans le logement quelques minutes plus tard. J'ai été voir Luc, le patron, pour exiger mon premier mois de salaire et il m'a envoyé promener.

Lançant son imperméable sur la patère, il file au salon et s'affale sur le sofa. Le chien blond, Tchou-Tchou, pose la tête sur ses genoux mais Christian se relève d'un bond et se met à arpenter la pièce. Alors, laissant son beau-frère en charge du souper, Isolde apparaît dans l'arche du salon.

— Il me fait toujours la même maudite réponse, reprend Christian en haussant le ton. «Désolé, mais je ne sais pas quand je pourrai te payer.»

Il aperçoit enfin sa femme et vient la serrer dans ses bras.

— Excuse-moi, mon amour, mais il fallait que ça sorte. Tu ne peux pas savoir à quel point je suis stressé!

— Mais c'est quoi, le problème? Il n'est pas content de toi?

— Au contraire, il se dit très satisfait. J'ai pris des initiatives qui portent déjà fruit. Le problème, c'est l'argent, un point c'est tout.

— C'est celui de bien du monde par les temps qui courent.

D'un doigt rageur, Christian fait taire les trompettes d'un concerto qui s'échappe de la radio. Le front strié d'anxiété, il entraîne Isolde sur le sofa et elle se love contre lui.

— Non seulement il m'a refusé cette avance, enchaîne-t-il, mais il veut que j'investisse mille dollars en échange de parts – une sorte de geste de sauvetage pour la compagnie! Il a le culot de prétendre que j'avais accepté cette condition à la première entrevue. C'est archifaux: il m'en avait parlé, c'est vrai, mais comme d'une simple possibilité. À le croire, tous les autres ont contribué. Il a manifesté une déception tellement disproportionnée devant mon refus que ça m'a révolté. Un peu plus et je le plantais là!

— Tu aurais dû! Qu'est-ce qui te retient là?

— Le travail lui-même serait très stimulant si le salaire venait avec. Ceci dit, il va finir par recevoir ma démission par la tête.

— De toute façon, cet argent, il te le doit!

— Il attend des entrées de fonds d'ici quelques semaines. Pour l'instant, ses coffres sont aussi vides que les nôtres. Ça ne fait pas un an qu'il est en affaires et j'ai l'impression qu'il file tout droit vers la faillite.

Isolde s'efforce de rester sereine mais au fond d'elle-même elle est angoissée. Que vont-ils devenir s'ils doivent continuer de vivre sur son seul salaire?

Et combien de temps pourra-t-elle encore garder son emploi?

Leur mariage a drainé le peu d'économies qu'ils avaient; ce fut pourtant une cérémonie intime suivie d'une réception frugale au logement. Ils étaient quatorze, au total. Isolde portait une robe toute simple, qu'elle avait confectionnée elle-même avec l'aide de sa mère. Christian avait mis son plus bel habit. C'est eux qui avaient préparé le buffet: sandwiches, crudités, trempette. Les invités s'étaient cotisés pour payer le gâteau de noce, la mère d'Isolde avait apporté du mousseux et Mme de St-Cœur, une amie des mariés, avait dépouillé son jardin pour fleurir les lieux. Ils avaient aussi reçu quelques cadeaux, dont certains, en argent, avaient aidé à assumer les coûts de la journée, sauf que... le loyer de septembre n'a pas encore été acquitté et ne pourra l'être que dans dix jours, lorsque Isolde touchera son prochain chèque de paye.

Posant la main sur son ventre, Isolde chasse ses idées noires et fait un inventaire de ce qui va bien dans sa vie. Elle et Christian s'aiment à la folie, son cœur bondit à cette pensée. Ils partagent les mêmes valeurs. Dans l'intimité, Christian est à la fois tendre et passionné et leur vie amoureuse la comble de plaisir! Et, ô bonheur, elle attend un enfant qui naîtra en janvier. Elle a un bon gynécologue, une sage-femme en or et plein d'amis prêts à l'aider.

— Dans l'ensemble, murmure-t-elle, nous n'avons quand même pas tant de raisons de nous lamenter sur notre sort.

Fouetté par ces paroles, Christian rencontre le regard de la femme qu'il aime.

— Pardonne-moi, ma chérie! balbutie-t-il en la couvrant de baisers. Tu as mille fois raison. Je me plains le ventre plein. On est les plus heureux du monde. Juste pour le grand amour qu'on partage, je remercie le ciel à genoux tous les jours. Je voudrais seulement...

La voix âpre, il ajoute:

— Oh, et puis tu sais très bien de quoi je parle.

Isolde lui passe les bras autour du cou et pose tendrement ses lèvres sur les siennes. Il l'embrasse désespérément et elle comprend l'ampleur de sa souffrance. Pauvre Christian! Les difficultés professionnelles, il peut y faire face. Même les problèmes financiers sont tolérables, à la rigueur. Mais *rien* ne peut atténuer le coup que Bertrand Courchesne vient d'asséner à son fils depuis l'autre bout du monde. La jeune femme frémit en repassant dans sa tête la lettre arrivée d'Australie la veille.

Sydney, le 28 août

Christian, Isolde,

J'ai bien reçu votre lettre. Vous m'en apprenez de belles, vraiment! Si vous trouvez là matière à réjouissance, je ne peux pas en dire autant. Non seulement vous attendez un enfant (et c'est encore heureux que vous nous ayez prévenus avant la naissance), mais vous vous mariez, par-dessus le marché! Malgré ma défense expresse. Et vous avez le

culot de me demander une aide financière addi-
tionnelle! Eh bien, ma réponse est non. Non, non et
non! Il est déjà bien beau que je vous paie une pension
mensuelle de 30$ pour Marc-André; ne comptez pas
sur moi pour donner davantage.

Je ne sais pas où vous allez vous ramasser au bout
du compte mais, sans vous vouloir du mal, je pense
que vous prenez les moyens pour végéter toute votre
vie. La contraception existe, au cas où vous ne le
sauriez pas. Mais à quoi bon gaspiller de l'encre pour
écrire tout ça? Il est déjà trop tard. Et de toute façon
vous n'en ferez jamais qu'à votre tête.

Je n'en suis pas à une déception près.

Bertrand Courchesne

P.-S. Ne vous laissez pas berner par les propos
doucereux qu'Aline vous écrit dans la lettre ci-jointe.
Elle est aussi choquée que moi sauf qu'elle ne le dira
pas. Moi, ça ne m'a jamais réussi de mettre des gants
blancs.

Ne pouvant refouler ses larmes, la jeune femme
s'arrache à l'étreinte de Christian et court pleurer,
seule, dans l'intimité de la salle de bains.

2

Quand l'amour bat de l'aile

— Je m'en vais faire un tour chez Karine, annonce Marc-André après le souper. Je promènerai les molosses en revenant, comme d'habitude.

En marchant vers la rue Providence, le jeune homme essaie d'analyser ses sentiments. Karine Pontchartrain est sa blonde, une chic fille qui l'a beaucoup aidé au cours des derniers mois. Elle lui a permis de se ressaisir au creux d'une crise grave. Elle est de compagnie agréable, vive et intelligente. Jolie avec ça, et pas banale: elle affectionne les longues jupes paysannes et les corsages en broderie ancienne. Elle a les yeux très bleus, des cheveux platine qui tombent droit sur ses épaules, et elle aime porter pendeloques, colliers et bracelets. Sa passion: danser le rock. Une copine très sympathique à fréquenter, Marc-André le reconnaît!

Or, depuis quelques jours, plus rien n'est comme avant. Marc-André ne comprend pas ce qui se passe: son cœur ne bat plus quand il est avec elle. Il ne se réveille plus chaque matin avec l'envie d'entendre sa voix. Leurs rendez-vous sont devenus routiniers. «J'étais tellement certain que c'était du solide, entre nous! Bah! Ça doit être la pluie qui me dérange le système. Si le soleil peut donc reparaître!»

Des bruits lui parviennent de la tente lorsqu'il s'en approche: la toux de Karine et la voix du Dr Pontchartrain. Le jeune homme n'ose interrompre la conversation et, comme la pluie a diminué d'intensité, il attend dehors, abrité sous un arbre.

Son manteau sur le dos, Louis Pontchartrain est calé dans l'unique chaise de la tente tandis que sa fille, emmitouflée dans un sac de couchage, frissonne sur son lit de fortune en se raclant la gorge.

— Je me fais du souci pour toi, Karine. Il fait trop mauvais pour que tu continues à dormir ici. Reviens donc à la maison. L'air est malsain sans bon sens ici-dedans. Est-ce que tu t'entends tousser, ma chouette?

Effectivement, une quinte horrible agite la jeune fille.

— Et toi, papa, est-ce que tu t'entends gueuler? crie-t-elle lorsque la voix lui revient. J'ai beau me boucher les oreilles, vos chicanes m'arrivent jusqu'au fond du jardin. Alors si j'étais avec vous dans la maison, tu penses!

— Nous vivons des temps difficiles: ta mère refuse de reconnaître les malaises que lui cause sa ménopause et rejette le traitement qui la guérirait. Depuis que je suis gynécologue, j'ai aidé des centaines de femmes à franchir ce cap et, dans le cas de ta mère, je suis complètement menotté. Comprends-tu à quel point ça me frustre?

— Et toi, comprends-tu que je n'en peux plus? Si tu t'imagines que c'est de gaîté de cœur que je campe ici, détrompe-toi! Mais, pour répondre à ta question, *oui,* je la comprends, ta frustration! Et la mienne, y penses-tu des fois? T'es-tu déjà demandé comment je me sens quand maman te traite de menteur et que tu lui laisses entendre qu'elle est en train de devenir folle?

L'homme encaisse sans sourciller. Une violente douleur lui broie la poitrine et il a besoin de tout son petit change pour ne pas gémir. Karine continue d'égrener sa litanie de doléances sans le remarquer.

— Maman serait moins nerveuse si tu lui manifestais un peu de tendresse, dit-elle en guise de conclusion, si tu l'écoutais au lieu de la contredire tout le temps. Elle aurait besoin de sentir que tu l'aimes.

— Que je l'aime! soupire le docteur d'une voix meurtrie. Comment... peut-elle... en douter?

Levant une main frémissante, il marmonne des syllabes inintelligibles. Puis, incapable de parler, il se tait. Dans le silence qui envahit la tente, la jeune fille saisit soudain le tourment de son père. «Que nous réserve l'avenir? rumine-t-elle avec angoisse. C'est vrai que ça ne peut pas durer.» Elle a déménagé ses pénates dans sa tente sur un coup de tête, en avril dernier, mais elle sait qu'elle ne pourra pas dormir dans le jardin en plein hiver. Son sommeil est devenu difficile à cause de sa toux persistante. Et l'humidité n'arrange rien. En plus, l'inquiétude la tient réveillée depuis quelques nuits: elle a l'intuition que Marc-André est en train de se détacher d'elle.

Or, l'idée de retourner chez elle lui paraît pire encore. Insomnie pour insomnie, elle préfère l'humidité et la toux à une place aux premières loges pour voir s'approfondir l'abîme qui sépare ses parents.

— Pas question que je revienne à la maison! crâne-t-elle. Je reste ici. Ce n'est pas si froid que ça et la pluie ne va pas durer indéfiniment.

Toujours assis, Louis soupire de soulagement. La douleur a fini par lâcher prise et la crispation s'estompe.

— Ta mère et moi avons passé des nuits à nous crier par la tête, c'est vrai, reconnaît-il, mélancolique. Mais depuis quelques jours Estelle est muette. Elle ne m'adresse plus la parole et son silence a quelque chose d'intolérable, tout comme le regard vide qu'elle pose sur moi quand elle me voit. Il m'arrive même de m'ennuyer de ses scènes de jalousie. Je crains qu'elle ne soit... très malade. Le pire, c'est de ne pas pouvoir l'aider. J'espère qu'elle entendra raison un jour. Mais il m'arrive d'en douter. Peut-être ne guérira-t-elle jamais et, dans ce cas, toi et moi on va devoir...

Karine frissonne, de plus en plus bouleversée. Louis s'interrompt, hésitant à expliciter sa pensée. Puis il se secoue et reprend, plus serein:

— Mais avec toi, ma chouette, on peut encore rattraper les choses, non? Même si tu ne vis plus sous notre toit depuis cinq mois, je te regarde aller, tu sais, et... je suis fier de toi! Je te vois t'épanouir, devenir une jeune fille, bientôt une femme... et j'aime ce que je vois. Tu adoptes des valeurs saines. Ta façon de te moquer des modes me plaît. Tu es toi et personne d'autre. Tu te respectes toi-même. Mais cette crise familiale menace de détruire notre belle connivence d'autrefois.

— Ce n'est quand même pas de ma faute! éclate Karine, les joues en feu. Toi et maman, vous vous êtes complètement détachés de moi. Au printemps, une fois, j'ai fait une expérience: je me suis plantée au pied de l'escalier, dans la maison, et j'ai crié à tue-tête. Il était environ deux heures du matin. Eh bien, ni toi ni maman n'avez réagi. Vous étiez pourtant là-haut, mais tellement absorbés par votre prise de bec que rien d'autre, pas même la détresse de votre fille, ne pouvait vous atteindre. Je me suis dit que vous ne m'aviez pas entendue, sauf que cette pensée m'a foutu la trouille. À *qui* peut-on crier ses malheurs sinon à ses parents? En tout cas, c'est la goutte qui a fait déborder le vase: c'est là que j'ai décidé de partir.

Louis se lève pesamment et s'approche de sa fille.

— J'en suis infiniment navré, murmure-t-il en s'assoyant près d'elle.

Il l'entoure de son bras solide et presse affectueusement son épaule.

— Je suis conscient de t'avoir négligée, Karine, mais je pensais que la crise..., que ta mère... Ah, et puis, à quoi bon? Je me leurrais. Karine... si tu voulais... on reprendrait le dialogue. Le soir, dans le salon, on écouterait du jazz ensemble en lisant ou en discutant. Ça fait longtemps qu'on n'a pas disputé une partie d'échecs tous les deux. Et toi aussi, tu vis un passage en ce moment – tu fais tes premiers pas dans l'univers déroutant de l'amour...

Des larmes giclent des yeux de Karine et elle se dégage violemment. «Ça ne va plus si bien que ça avec mon chum», a-t-elle envie de lui confier, mais elle se tait. Son père se méprend sur sa réaction.

— Ne te fâche pas, ma chouette, loin de moi l'intention de violer ton intimité; mais pour en revenir à... ce cri que je n'ai pas entendu, eh bien justement, je ne veux plus manquer à l'appel quand tu auras besoin de moi.

Profondément retournée par la sollicitude de son père, la jeune fille ravale farouchement ses larmes. Elle ne cédera pas. Quelque part, elle a l'impression de se faire manipuler et ça la révulse. Et puis une guerre, même silencieuse, rend une maison invivable. Alors, réprimant son envie d'accepter l'invitation, elle hoche lentement la tête.

— C'est non, papa!

Le père soupire tristement et se lève.

— On tourne en rond, ma fille, dit-il en regardant Karine dans les yeux, et la discussion risque de s'éterniser. Alors, aux grands maux les grands remèdes. Si je ne peux te convaincre autrement, je vais user de mon autorité, même si je le fais à contrecœur. Tu es encore mineure, après tout. Bon voilà, tu ne me donnes pas le choix: tu as jusqu'à demain soir pour démonter ta tente et réemménager chez nous. *ET C'EST UN ORDRE!*

Le docteur sort sans se retourner et file vers son bureau de la rue des Soupirs, car il est déjà en retard. La pluie s'est changée en bruine et la nature semble figée dans une immobilité morbide.

Lorsque Marc-André rassemble assez de courage pour pénétrer dans la tente, il trouve Karine qui sanglote, la tête dans les mains. Il s'assoit près d'elle et, sans un mot, il la prend dans ses bras avec une infinie douceur. Dolente, elle se laisse bercer pendant de longues minutes et l'atmosphère finit par devenir supportable dans l'abri trop humide.

3

Le blues de Fred

— Fred? s'écrie Marc-André en apercevant son ami, affalé sur un banc du parc l'Oasis. Qu'est-ce qui t'arrive, pour l'amour du ciel?

Affolé, il lâche les deux chiens dans l'enclos d'exercice et revient vers son copain qui paraît vraiment mal en point: les traits durcis, le regard fuyant, les cheveux en broussaille, les espadrilles détrempées... sans parler de ses vêtements boueux. «Depuis combien de temps est-il là?» se demande Marc-André.

— Contente-toi donc de jouer les nounous avec les petits Lévesque, ricane l'autre d'une voix mauvaise. Et fous-moi la paix.

— T'es en manque? C'est pour ça que t'as foxé les cours, aujourd'hui?

— Je suis un grand garçon, bonhomme. Je suis capable de m'occuper de moi tout seul.

— Ce n'est pas évident à te regarder! Ta face de carême ne me revient pas.

— On a la face qu'on peut! Mais fais-toi pas de bile, je n'ai rien consommé. J'ai failli, remarque: un peu plus et je vendais ma chemise pour quelques grammes de coke, mais elle était trop crasseuse et personne n'en a voulu.

Fred parle d'une voix fielleuse, mordant dans les mots. Il traverse visiblement un moment difficile et Marc-André voudrait bien comprendre de quoi il retourne. «Décidément, ce mauvais temps ne réussit à personne, songe-t-il. Christian, Karine, et maintenant, Fred.»

— Allez, crache, dit-il, c'est quoi ton problème?

— Va chez l'bonhomme, bonhomme!

Sans tenir compte des protestations de Fred, Marc-André le prend aux épaules, le lève de force et l'entraîne avec lui. Reprenant les chiens, ils gagnent le trottoir et marchent au hasard dans les rues du faubourg.

— Je te laisserai tranquille quand tu auras vidé ton sac, pas avant. Alors tu ferais mieux de te mettre à table.

— Tu veux rire! halète Fred en suivant la cadence rapide imposée par les chiens. Je n'ai rien mangé de la journée et je n'ai même pas faim.

— Tu peux bien avoir l'air blême!

— J'suis tanné, si tu veux savoir! C'était bien beau, la villa Roche-de-St-Cœur, les premiers temps après ma désintox, mais maintenant... Je n'y suis pas chez moi. Et de toute façon, ils ne me garderont pas indéfiniment. Tu peux le lire noir sur blanc dans le descriptif: maison de transition pour les personnes en difficulté. Transition, bonhomme! Transition. Alors, qu'est-ce que je vais devenir, hein? Où c'est que je vais aller?

Marc-André ne répond pas tout de suite: que dire à un ami que ses parents rejettent?

— Ouais, c'est toffe, admet-il. Y a aucune chance que ta mère...?

— Oublie ça, dit Fred en le rembarrant. Cette dame m'a rayé de sa vie.

— Ton père, alors?

— On y a pensé; le conseiller de la villa l'a même invité à venir en parler. Mais penses-tu! Le paternel a ses propres bébites, et la dernière chose qu'il veut, c'est en discuter avec un psy... Ça fait que je suis devenu un boulet pour la société...

Ils poursuivent leur route en silence. Persuadé que son copain lui cache quelque chose, Marc-André attend qu'il lâche le morceau.

— Tu ne sais pas la meilleure, bonhomme? ânonne enfin Fred d'une voix à peine audible.

Ils... parlent de me placer en famille d'accueil, maudit!

Que répondre? Marc-André voudrait bien avoir un encouragement à offrir, mais qui tromperait-il? Il exhale son souffle dans l'air mouillé.

— J'me vois pas, Marco, j'me vois juste pas... Si je pouvais vivre tout seul... me louer quelque chose, une chambre dans un sous-sol, n'importe quoi. Mais comment veux-tu... je suis cassé comme un clou, j'ai pas de job, j'en arrache à l'école. Un beau zéro, quoi! Raté sur toute la ligne.

— Faux! D'abord t'as réussi à lâcher la drogue. Et t'es pas pour avoir fait ces efforts-là pour rien. Ensuite, t'as un peu de misère à l'école, c'est vrai, mais tu ne coules pas. Écoute-moi bien, mon chum: *tu vas t'en sortir, O.K.?* Oublie jamais notre pacte: on se tient, toi et moi! On ne se laisse pas déprimer! Suffit de se creuser la cervelle et de trouver une solution.

— Ouais, puis la quadrature du cercle, aussi. J'ai toujours su qu'à nous deux on y arriverait. Tu peux toujours essayer... sauf que cette histoire de famille d'accueil m'a rachevé, ce matin! Ça m'a obligé à regarder vers l'avenir, maudit! On n'est pas habitués à ça, nous autres, hein? Chez les *Narcotiques Anonymes*, c'est le contraire: il faut prendre la vie une journée à la fois. Mais là, pas le choix, il a fallu que je regarde un peu plus loin et ce que j'ai vu n'était pas écœurant: *LE NÉANT,* bonhomme! J'ai marché toute la journée en pensant rien qu'à ça. Je ne pourrai jamais finir l'école, je vais tomber sur l'aide sociale. Alors les jobs, oublie ça, hein! Et tant qu'à y être, autant *canner* le mariage aussi: aucune femme ne va vouloir s'encombrer d'un bon à rien comme moi. J'aurai l'air d'un p'tit vieux à trente ans et je mourrai de découragement au fond d'une ruelle sans avoir connu l'amour ni la paternité.

— *TAIS-TOI!* lui enjoint Marc-André. On va se débrouiller mieux que ça, voyons! Laisse-moi juste me virer de bord et réfléchir un peu.

— Mais toi aussi, bonhomme, t'es pogné. Toi aussi tu tires le diable par la queue. Toi aussi tes parents t'ont «dompé», même s'ils l'ont fait avec plus d'élégance que les miens. On vaut pas cher ni l'un ni l'autre!

— Écoute-moi bien, Frédéric: c'est pas par hasard que t'es venu t'écraser sur le banc juste à côté de l'enclos des chiens. Tu sais que je promène les molosses tous les soirs à cette heure-ci. Donc, tu m'attendais. Alors là, tu vas me laisser faire. C'est des encouragements que t'es venu chercher auprès de moi, ben tu vas en recevoir un char.

— T'es un chum, bonhomme, un vrai! ricane Fred. O.K., fesse! Mais tu vas voir que j'ai la couenne dure.

Rassemblant son énergie, Marc-André se lance dans un fougueux plaidoyer. Il n'est pas sûr de croire tout ce qu'il affirme, mais il ne peut laisser Fred couler sans intervenir. Celui-ci lui rendrait le même service le cas échéant, il le sait. Son copain demeure amorphe au début, puis il devient sarcastique, voire cynique. Alors, en désespoir de cause, Marc-André puise à la fontaine des souvenirs:

— Aurais-tu oublié la Marque rouge? Tu te rappelles pas les tits-culs passionnés qu'on était? Les exploits qu'on voulait accomplir, la lutte contre le mal, la croisade pour la justice? Nous, les Paladins sans peur et sans reproche, on se porterait valeureusement au secours des opprimés! Cet idéal-là est encore valable aujourd'hui, même s'il faut l'adapter un peu.

— Tu dérailles! persifle Fred. On pétait plus haut que le trou dans ce temps-là! Foutus rêves inutiles qui ont pas rapport avec la vraie vie.

Une telle amertume perce dans les propos de Fred que Marc-André est ébranlé un moment. Mais il se reprend.

— O.K. Fred, libre à toi de tourner tout ce que je te dis en dérision, mais au bout du compte on a deux choix: *oubedon* on se laisse aller au fond du gouffre et on cale, *oubedon* on lève la tête et on essaie, envers et contre tous, de voir la lumière en haut. Je sais pas toi, mais moi je sais lequel des deux je préfère. À partir de demain, on va participer plus assidûment aux meetings de NA. On néglige ça depuis quelques semaines.

Un silence s'ensuit. Puis Marc-André prend une décision subite.

— Mais là tout de suite, s'écrie-t-il, on sort! Non, ménage ta salive, je n'accepte pas de refus. Une partie de billard pour commencer, et puis après, on se paye la traite!

Une lueur malicieuse s'allume (enfin!) dans le regard de Fred.

— Hé, bonhomme, c'est pas pour te casser ton fun, mais tu sais, ça coûte un bras pis une jambe, une virée pareille!

— Wô! J'ai pas parlé de la tournée des grands ducs!

— Ah bon, je me disais aussi...

Marc-André constate avec plaisir que son plan fonctionne. Fred a retrouvé un peu de son humour naturel, et le voilà prêt à cueillir au vol les imprévus qui s'offriront à lui.

— Mme Lévesque m'a refilé un vieux vingt, cet après-midi, dit-il en guise d'explication.

En fait, Marc-André avait songé à remettre cet argent à Isolde pour arrondir le budget de la semaine, mais l'occasion ne s'est pas présentée et maintenant il en est bien content.

— On va aller livrer les toutous à la maison, te trouver quelques vêtements pour remplacer les guenilles que tu as sur le dos, et après ça, mon chum, à nous le *Faubourg-by-night!*

Du même cœur, les deux garçons poussent un cri sauvage – *YAHOUOUOU!* – venu du tréfonds de leur enfance, et, sans même s'être donné le mot, les voilà tous deux qui s'élancent au pas de course.

4

La gitane

Il y a moins de monde que d'habitude au snack-bar *Chez Pop* lorsque les deux compères s'y présentent à 22 heures 15. Des jeunes règlent le sort du monde en sirotant des boissons gazeuses; des couples se bécotent dans les recoins; deux filles discutent avec animation au fond de la salle. De la boîte à musique s'échappe une chanson de Kevin Parent. L'atmosphère est branchée, amicale et chaleureuse. Stéphanie, qui est de service ce soir, jase familièrement avec les clients, attentive à satisfaire toutes leurs fringales.

— Salut, dit-elle. Vous avez pas eu peur de la pluie, vous deux?

— Quelle pluie? demande Fred, badin. Regarde dehors, il fait beau! Y a même une grosse lune jaune qui rit de nous autres au bout de la rue.

Quelques sceptiques se précipitent à la fenêtre tandis que la jeune serveuse désigne une table aux arrivants.

— Celle-ci vous convient?

— Plus tard, on veut d'abord jouer une partie de billard.

— Pas de problème. Vous allez boire quelque chose?

— Je prendrais bien un chocolat chaud, dit Fred, avec un œuf battu dedans pour faire de la mousse. Sans oublier les guimauves. Apporte-moi donc un sandwich avec ça! Le kit complet: poulet, tomates, fromage et laitue! Ah! et puis, tant qu'à y être, rajoute une poutine, aussi! Au diable l'avarice, c'est mon chum qui paye!

— Y en a qui sont profiteurs, commente Marc-André, faussement dégoûté. D'accord, Stéphanie, tout ça pour Fred, et un petit verre de lait pour moi. Mais *après* notre partie.

— À vos ordres! acquiesce Stéphanie en riant.

En se dirigeant vers l'arrière-salle où s'alignent les tables de billard, Marc-André a soudain un haut-le-corps et il s'immobilise. Il vient de reconnaître, à la table du fond, la cycliste suicidaire de cet après-midi! Elle est avec une autre fille – une blonde plutôt grassouillette – et elles conversent à voix basse en buvant un jus.

— J'ai une roche dans mon soulier, dit Marc-André en s'accroupissant à deux mètres de leur table.

Retirant sa chaussure, il prend son temps pour la secouer, la remettre et en rattacher lentement le lacet.

— Ça n'a aucun sens, Rébecca, entend-il. Ça ne peut pas être aussi terrible, voyons! Où vas-tu aller à cette heure tardive?

C'est la blonde qui a parlé. «Ma belle brune de cet après-midi s'appelle donc Rébecca, en déduit Marc-André. Joli prénom.» Il demeure au sol, étirant le temps, lorgnant vers les deux filles. Rébecca s'est changée depuis son altercation avec le camionneur. «J'aimais mieux son chemisier serré», songe le jeune homme, se rappelant le délicieux frisson que celui-ci lui avait causé. Elle est bizarrement accoutrée ce soir: pantalon noir, blouse blanche avec nœud papillon sous un court gilet taillé en pointe. Sa compagne est vêtue de façon identique. Toutes deux ont les cheveux noués en queue de cheval à l'aide d'un fichu. Il n'entend pas la réplique de Rébecca parce qu'au même moment Fred lance en rigolant:

— J'ai mal compris, faut croire. Me semblait qu'on était venus ici pour jouer au billard! Pas pour reluquer les nanas!

— Idiot! fait Marc-André en se relevant préci-pitamment.

Tout en installant les boules sur la table, il raconte à Fred l'incident du boulevard de La Passerelle.

— Alors en la voyant ici, je suis tombé des nues, et puis voilà.

— C'est plus grave que ça, ton affaire: t'as les yeux croches, tu passes ton temps à reluquer de côté, t'as le teint cramoisi et là, si tu veux vraiment jouer au billard, va falloir que tu tiennes ton bâton par le gros bout.

Marc-André n'arrive pas à se concentrer et frappe la boule n'importe comment, si bien qu'au bout de dix minutes Fred déclare forfait. Au même moment, il aperçoit Stéphanie et lui fait signe d'apporter le casse-croûte.

— Ça ne donne rien, bonhomme, tu joues comme un pied. Non, ce n'est pas un compliment que je te fais alors ne prends pas cet air béat. Ah, et puis, amène-toi: on va aller rencontrer dignement l'objet de ta fixation. Tiens, si j'essayais mon approche subtile, tu sais, celle qui ne rate jamais?

Riant sous cape, Marc-André se dit qu'au moins son copain a surmonté ses bleus. L'espace d'un instant, il est même redevenu le leader jovial d'antan. Marc-André le suit sans protester, d'ailleurs curieux de connaître cette Rébecca qui lui a fait si forte impression plus tôt dans la journée.

Fred se dirige d'un pas ferme vers les deux filles. Arrivé à leur table, il s'arrête net, se met au garde à vous, puis, faisant semblant de retirer son couvre-chef, il se plie en deux dans un salut comique.

— Gentes damoiselles, bien le bonsoir! déclare-t-il avec grandiloquence. Nous jouions au billard de l'autre côté quand une attraction inexplicable s'est exercée sur nous, nous empêchant de nous concentrer sur notre partie. Il nous a suffi de porter les yeux de votre côté pour comprendre le phénomène et nous capitulons de bonne grâce. J'ai bien l'honneur de vous présenter mon ami Marc-André Courchesne, et votre humble serviteur, Frédéric Campeau.

La première surprise passée, les filles ont paru fâchées de l'intrusion, mais peu à peu elles se sont détendues. À la fin, elles ne peuvent résister aux bouffonneries du jeune homme et elles éclatent de rire. Profitant de cette victoire, Fred approche la table voisine de la leur et Marc-André transporte les chaises. Puis ils s'assoient sans façon, Fred à côté de la blonde, Marc-André près de Rébecca.

— Faites comme chez vous! leur jette celle-ci, sarcastique, tandis que Stéphanie arrive avec leur commande. Là où il y a de la gêne, il n'y a pas de plaisir!

Marc-André s'étonne de la fébrilité de cette fille qui l'avait impressionné par son calme lors de l'accident. Ce soir, elle paraît nerveuse, parle de façon hachée, tourne la tête à tout moment, comme à l'affût, craintive. Un silence s'installe, que Fred comble en déconnant allègrement.

— La poutine, c'est pour tout le monde, dit-il en mettant l'assiette à la portée des trois autres.

Servez-vous. Excusez-moi si je parle en mangeant, mais le chat a croqué la langue de mon copain. En attendant qu'il retrouve ses moyens, pourquoi ne pas nous dire qui vous êtes?

Rébecca est sur le point de protester, mais sa compagne lui dame le pion.

— Je suis Violaine Galdès, dit-elle en souriant, et voici ma sœur Rébecca. Nous sommes enchantées de vous connaître.

— Tout le plaisir est pour nous, déclare Fred, et quel que soit votre problème, nous vous aiderons à le résoudre. C'est notre spécialité.

N'y tenant plus, Rébecca se lève brusquement.

— Que je ne t'entende pas dire un mot de tout cela à ces deux fantoches, jette-t-elle sèchement à sa sœur avant de se diriger vers les toilettes.

Mais elle se ravise et revient sur ses pas.

— À bien y penser, j'ai trop peur que tu ne puisses retenir ta langue.

Elle se rassoit, l'air revêche, et Marc-André retrouve la voix.

— On ne voulait surtout pas vous déranger, commence-t-il, l'air de s'excuser. C'est Fred qui a insisté...

Celui-ci manque de s'étrangler avec son sandwich.

— Qu'est-ce qu'il ne faut pas entendre? C'est pour t'empêcher d'avoir le torticolis que j'ai tenté cette démarche désespérée.

— Subtile, surtout! rugit Marc-André qui s'esclaffe, mort de rire.

Son hilarité gagne les trois autres et la glace est brisée.

— Dites donc, vous deux, me semble que je vous vois à La Passerelle, fait Violaine. Je me trompe?

— Vous étudiez là, vous autres aussi? s'écrie Fred.

— Pas moi, précise Rébecca, enfin plus maintenant. J'ai eu mon D.E.S. en juin et ça me suffit. Il y a encore une foule de connaissances qui me font défaut, mais je vais les chercher ailleurs que sur les bancs d'école. Moi, les cours, ça n'a jamais été mon fort.

— Y en a un qui ne te ferait pas de tort, pourtant, remarque Marc-André, pince-sans-rire.

Elle tourne son visage vers lui, piquée.

— Tu devrais suivre un cours de conduite à bicyclette.

Rébecca bondit, prête à griffer, et blêmit de colère. En face d'elle, sa sœur hoquette dans sa serviette de table pour ne pas rire. Saisi d'une intuition soudaine, Fred lance:

— C'est ça qui vous chicote! Autant vous le dire tout de suite, mesdemoiselles, nous sommes au courant.

— Tu déraisonnes complètement! Si vous compreniez la situation, vous ne rigoleriez pas comme des imbéciles. À moins que l'idée de me retrouver étranglée ne vous amuse.

Rébecca a prononcé ces paroles à mi-voix, comme poussée par une urgence. L'atmosphère change autour de la table. Les têtes se rapprochent, et les filles s'expliquent sur le ton de la confidence.

— Nos parents tiennent une petite hôtellerie dans la rue Dalens, près de la gare, commence Violaine. Le *Gîte du Gitan*. Ma sœur et moi, on leur donne un coup de main.

— D'où votre déguisement, glisse Fred, ce qui lui vaut une œillade furibonde de Rébecca.

— Et cet après-midi, Rébecca a failli se faire renverser par un camion...

— Oui, j'étais là, confirme Marc-André.

— Tu étais là! s'écrie Rébecca. Tu as vu comment ce rustre m'a poursuivie avec son bolide, simplement parce que je l'avais coupé à l'intersection précédente? Et comment, dans sa fureur, il m'a pourchassée jusque sur le trottoir? Tu as vraiment vu?

— Quand je suis arrivé, ça venait de se produire, rectifie Marc-André, et il t'engueulait comme du poisson pourri. Je n'en revenais pas que tu te laisses insulter comme ça sans te défendre.

— Je me mordais la langue pour ne pas lui crier ma façon de penser, avoue Rébecca. En dedans, je bouillais. Mais dans ce genre de situation, il faut garder son sang-froid. Évidemment, ça le poussait encore plus à bout.

— Il n'a pas décoléré depuis, enchaîne Violaine. Son camion est accidenté, il ne le récupérera pas avant tard demain et ça fout en l'air son calendrier de livraison de la semaine.

— Alors, en ce moment, il rue dans les brancards, et pas à peu près.

— Mais comment le savez-vous? s'étonne Marc-André. Rébecca est partie à l'arrivée des policiers. Vous êtes retournées sur les lieux?

— On le sait parce que le cher homme a eu la brillante idée de louer une chambre chez nous! éclate Rébecca. Quand je l'ai reconnu, appuyé au comptoir de la réception, j'ai failli en perdre connaissance. Il était furieux, ses yeux lançaient des éclairs, il trépignait sur place en attendant qu'on vienne l'enregistrer. Alors j'ai déguerpi. Il m'aurait tuée!

— Tu exagères! dit Violaine.

— J'exagère, moi? vocifère Rébecca. Marc-André vient de te dire comment il m'injuriait. Il a fallu que quelqu'un le retienne à bras-le-corps pour l'empêcher de m'attaquer. Je ne le connais pas, ce type! Je n'allais pas rester là pour voir si c'est un fusil ou un poignard qu'il garde dans sa poche!

— Ce n'est pas en fuyant devant le danger qu'on règle ses problèmes, fait remarquer Violaine, d'un ton pontifiant.

— Ni en se faisant zigouiller! rétorque sa sœur du tac au tac. Je n'aurais jamais dû te raconter ça! Non seulement je ne suis pas là pour aider nos parents, mais toi non plus.

— Ils ont dû faire entrer quelqu'un en catastrophe. En toute conscience, je ne pouvais pas te laisser partir toute seule avec ta pression à 520. Je ne te lâcherai pas tant que tu ne seras pas calmée.

— Si tu penses me calmer en me ramenant à l'hôtel, tu te trompes. Ce type-là en veut à ma vie.

— Tu exagères!

— J'exagère, moi?

— Wô! Votre disque accroche, intervient Fred. On a déjà entendu ce bout-là tantôt. Passez à une autre plage, O.K.?

— Rébecca a raison, intervient Marc-André. Ce type est un fou dangereux. On entend parler de crimes sordides tous les jours, pourquoi courir après les problèmes? Mais dis donc, ajoute-t-il en s'adressant à Rébecca, tu ne paraissais pas avoir peur de lui, après-midi?

— Sur les lieux je ne risquais rien, explique Rébecca. Trop de témoins. Et quelqu'un le surveillait. En plus, il empestait l'alcool. La police aurait pris ma parole plutôt que la sienne s'il avait fallu s'expliquer. Alors je suis restée calme, au cas où on en viendrait là. Bien sûr, dès que j'ai eu ma chance, je me suis esquivée. Et c'est là que la réaction m'a assommée. Mes jambes flageolaient. Je pédalais tout croche. Je ne suis pas si mauvaise cycliste que ça en temps normal, persifle-t-elle en regardant Marc-André. Je grelottais sans pouvoir me contrôler – et pas seulement parce que j'étais trempée jusqu'aux os. Une peur effroyable se réveillait dans mes tripes à mesure que j'analysais ce qui s'était passé. J'aurais pu y rester s'il avait mieux visé, le salaud. Dire qu'il a eu le culot de raconter qu'il m'avait sauvé la vie! Ça n'arrêtait pas de rejouer dans ma tête, la poursuite débile, le vacarme infernal au moment où il a embouti le poteau. Je ne sais pas comment j'ai réussi à me rendre à l'hôtel, mais une fois là, mes nerfs ont flanché.

— La crise en règle! confirme Violaine. Pour une grosse demi-heure.

— Après j'ai pris une douche chaude et ça m'a un peu calmée, puis je me suis mise en uniforme et j'ai soupé. C'est au moment où je m'apprêtais à descendre au bar que je l'ai aperçu! Et vous savez le reste.

— Je pense quand même que tu...

— Violaine, je ne changerai pas d'idée: ce bonhomme-là est dans le pétrin jusqu'aux oreilles et il est convaincu que c'est de ma faute. Non seulement son camion est accidenté, mais il a endommagé un poteau de téléphone – ce qui veut dire des emmerdes en sus. En plus, il a dû récolter une amende pour conduite avec facultés affaiblies. Visez-moi la scène: Monsieur est à l'hôtel, à ruminer ses malheurs et il décide tout à coup de se changer les idées en allant au bar. Et là, qui est-ce qu'il aperçoit? Nulle autre que la cause de tous ses malheurs. Qu'est-ce qu'il fait selon vous? Il essaie de me *cruiser* ou il me plante un couteau dans le ventre?

— On pourrait tout expliquer à papa, insiste Violaine. Il ferait ce qu'il faut pour te protéger. Tu n'aurais qu'à ne pas te montrer.

46

— Non merci! Je n'ai pas envie de me lancer dans ce type d'explications. Ça pourrait déclencher une tempête dans un verre d'eau. Non, pas question que je retourne chez nous tant que M. Le Forestier sera dans les parages. Écoute, Violaine, rentre et dis aux parents que je dors chez mon amie Céline. Elle est en voyage mais ils ne le savent pas. Je vais me débrouiller.

— J'ai du mal à imaginer ma sœur endormie sur un banc de parc!

— On peut te recommander un endroit convenable, dit Marc-André à Rébecca. La villa Roche-de-St-Cœur: un refuge pour personnes en difficulté. Les dirigeants sont très corrects. Ils ne te poseront pas de questions, mais tu auras un lit pour la nuit et un petit déjeuner. C'est surveillé et tout. Demande à Fred, c'est là qu'il loge en ce moment.

— C'est vrai, confirme celui-ci. On peut leur passer un coup de fil, si tu veux. Tiens, v'là Pop qui sort de sa cuisine. Je vais voir si je peux utiliser le téléphone. T'es d'accord? O.K., j'y vais.

Rébecca pousse un profond soupir de soulagement et son visage s'apaise peu à peu. Au même moment, une puissante vague de fond déferle sur Marc-André. «Qu'est-ce qui m'arrive?» se demande-t-il, déconcerté, en sentant son cœur battre comme un tam-tam. Son regard ne peut se détourner de celle qui provoque en lui cette effervescence et, imperceptiblement, il rapproche sa chaise de la sienne pour que leurs bras, leurs cuisses, leurs genoux se frôlent au moindre mouvement.

Et lorsqu'il voit Fred revenir, sourire aux lèvres, Marc-André sent que sa vie ne sera plus jamais la même, maintenant qu'il a rencontré celle qu'en son for intérieur il a déjà baptisé sa «gitane».

5

L'éternel triangle

— Comment va Rébecca, ce matin? s'informe Marc-André en apercevant Fred à la cafétéria de La Passerelle, le lendemain.

— Aucune idée, je ne l'ai pas vue, élude Fred en désignant Karine, un peu plus loin. Écoute, je n'ai pas le temps de jaser: j'ai oublié mon cartable de français dans ma case. Je te revois au cours dans quelques minutes. Mais, j'vais te dire, bonhomme, ta blonde n'a pas trop l'air dans son assiette!

Marc-André se rembrunit. Les paroles de Fred étaient-elles teintées de reproche, comme il en a l'impression? C'est vrai que Karine est passée au énième rang de ses préoccupations depuis hier soir. Il a rêvé à Rébecca toute la nuit. «Mais enfin, se défend-il, irrité, je ne contrôle pas mes rêves!»

Au cours de l'été, Karine et Marc-André ont investi beaucoup de temps à bâtir leur relation, à flâner main dans la main, à visiter des expositions, à pique-niquer dans les parcs, à assister aux spectacles gratuits des festivals... Marc-André se rappelle l'émerveillement de leur premier «Je t'aime»; cet aveu a marqué une étape importante dans leurs rapports, comme s'il avait déverrouillé la porte de leur jardin secret et permis l'accès à une foule de sujets qu'ils n'avaient pas abordés jusque-là. Que de belles soirées ils ont passées ensuite à discuter et à s'embrasser! «Je ne l'aime plus! déplore Marc-André, qui a le sentiment de laisser échapper quelque chose de précieux. Mais si, pourtant, je l'aime! mais ce n'est plus de l'amour. Merde! Qu'est-ce que je vais faire? Elle m'aime encore, elle, et elle a besoin de moi, ces temps-ci.» Il la rejoint à leur table habituelle.

— Salut, dit-il en posant un baiser furtif sur ses lèvres tendues.

Il ne peut nier la tendresse qu'elle lui inspire mais, en même temps, son esprit établit des comparaisons: la blonde versus la brune... des yeux clairs, presque transparents, versus des yeux de jais... jupes paysannes et corsages blousants versus jeans serrés et chemisiers mouillés... «Assez!» se reproche-t-il. Mais il n'arrive pas à faire échec à ses pensées.

Pressentant son trouble, Karine lui coule un regard perplexe, mais elle est trop fatiguée pour fouiller la question. Elle tousse à fendre l'âme.

— Tu as mal dormi, hein? s'enquiert-il lorsque la quinte est passée.

— Je n'ai pas fermé l'œil, répond Karine, qui ne demande pas mieux que de s'épancher. Le despotisme de mon père m'enrage. Tu te rends compte: je retourne à la maison et rien n'a changé. Tout ce camping aura été inutile. Mon cher papa m'oblige à rentrer au bercail. Il est venu s'asseoir dans ma tente, il a fait semblant de discuter avec moi et, tout ce temps-là, il savait que de toute façon il gagnerait. Ah, je me suis vraiment fait avoir!

Dans un élan de générosité, Marc-André offre ses services pour le travail de bras.

— J'en ai parlé à Fred, il va venir lui aussi. À nous trois, on va tout déménager dans le temps de le dire.

Réconfortée par sa gentillesse, Karine retrouve un peu d'entrain.

— On pourrait même faire une promenade après souper, suggère-t-elle, marcher au sec après toute cette pluie... En tout cas, je n'ai vraiment pas envie de passer la soirée dans ma chambre... et encore moins avec... eux.

— D'accord. On promènera les chiens ensemble si tu veux. Mais je ne veux pas me coucher trop tard, j'ai veillé jusqu'à passé minuit, hier.

— Mon Dieu, qu'est-ce que tu as fait? Tu as lâché tes molosses, ils se sont perdus, et il a fallu que tu les poursuives par monts et par vaux?

— Non, mais Fred traversait une mauvaise passe, explique Marc-André, prudemment. Je l'ai rencontré par hasard...

Il est soulagé de voir Karine devenir immédiatement compatissante. Il espère seulement qu'elle ne va pas entendre son cœur qui bat la chamade ni lire entre les lignes de son récit bancal.

— Alors on est allés jouer au billard. Puis il a commandé à manger. Mme Lévesque m'avait donné un peu d'argent – elle m'en donne des fois, même si elle sait que je rembourse une dette en gardant ses petits –, et cette fois, ça ne pouvait pas mieux tomber. Pour sortir Fred du trou...

Et blablabla... Marc-André pérore avec une emphase forcée dans le seul but d'éviter un silence trop riche en images, qui l'obligerait à réfléchir. Il sent confusément qu'il devra prendre des décisions cruciales s'il veut pouvoir continuer à vivre avec lui-même. Il a peur de prononcer par inadvertance le nom qui lui monte aux lèvres constamment. Ô Rébecca...

Il accueille avec soulagement la première cloche. Bondissant sur ses pieds, il prend congé de Karine et s'engouffre au milieu de la masse étudiante qui se rue vers les escaliers.

La prof s'appelle Danie Varin. Vingt-cinq ans peut-être, visage radieux et voix vibrante: c'est sa première année à La Passerelle.

— Quelle est votre période préférée en littérature française? demande-t-elle d'entrée de jeu.

Peu de réponses mais elle ne s'en formalise pas. Un buste magnifique se devine sous les plis de son chemisier. Comme à chaque cours, Marc-André sent son regard attiré par ces formes appétissantes et il a du mal à se concentrer sur ce qu'elle raconte. Mais voilà que ses cordes sensibles se mettent à vibrer.

— Moi, ma période de prédilection est le Moyen Âge, déclare-t-elle, et j'aimerais vous faire partager mon amour pour une œuvre marquante de cette époque, qui illustre une forme typique de la littérature médiévale, qu'on appelle chanson de geste – geste voulant dire ici: exploit, acte d'héroïsme. Vous connaissez peut-être *La Chanson de Roland*? Eh bien, figurez-vous que j'ai eu la chance, cet été, de visiter le village de Roncevaux en Espagne. Pouvez-vous vous imaginer l'émotion intense que j'ai ressentie quand je me suis retrouvée à l'endroit même où fut immortalisé, il y a douze cents ans, le courage démesuré du preux chevalier Roland?

Marc-André croise le regard de Fred et ils échangent un sourire. *La Chanson de Roland* a enchanté leur enfance. Les Paladins de la Marque rouge étaient, à l'instar de Roland, de braves chevaliers qui s'inventaient des aventures à l'aide d'épées et de boucliers de fortune. Que d'heures ils avaient passées à se transposer ainsi dans une autre époque! Les Paladins prêtaient un serment d'allégeance, utilisaient mots de passe et codes secrets, avaient des rites solennels pour chaque occasion...

«Ah oui! madame Varin, il y a deux étudiants dans la classe qui comprennent parfaitement l'émotion que vous avez ressentie à Roncevaux.»

— Ce voyage que j'ai fait sur les traces de Roland, confie la jeune prof aux étudiants, n'était pas entrepris seulement pour le plaisir: j'ai choisi Roland comme sujet de mon mémoire de maîtrise – maîtrise que je fais à temps partiel. Roncevaux n'était qu'une étape: j'ai arpenté l'Espagne des Sarrasins et la France de Charlemagne, j'ai fouillé les archives des monastères médiévaux, j'ai séjourné à Rocamadour, lieu spectaculaire où Roland, selon la légende, avait déposé Durandal, et où celle-ci fut dérobée par Henry, le frère du roi Richard Cœur-de-Lion. À propos, savez-vous ce qu'était Durandal?

— L'épée de Roland, répondent Fred et Marc-André d'une seule voix.

Enchantée, Danie Varin s'enflamme pour son sujet et le temps file à la vitesse de l'éclair.

— J'ai découvert quelque chose aujourd'hui, déclare Fred en quittant la classe. Un cours de français n'est pas nécessairement plate!

— Alors ta journée n'est pas perdue! rigole Marc-André.

— C'est la première fois depuis le premier cours de ma première journée d'école que je ne voulais pas entendre la cloche. Tu n'as pas aimé ça, toi?

— Ouais, bien sûr! C'est juste que... maintenant que le cours est terminé, ma vie me rattrape... J'ai un maudit problème, Fred.

Poussant un long soupir, Marc-André entraîne son copain à l'écart. Il jette un regard circulaire pour s'assurer qu'ils sont seuls, puis il avoue:

— J'sais pas quoi faire avec Karine. Je l'aime bien, cette fille-là, mais depuis hier c'est avec Rébecca que j'ai le goût de sortir.

— J'ai bien vu que Rébecca te faisait de l'effet, mais je pensais que c'était un flirt d'un soir, un feu de paille. J'sais pas quoi te dire, bonhomme.

— Je me sens mal, maudit! Karine est tellement fine avec moi.

— Qu'est-ce que tu vas faire?

— Va falloir que je fasse quelque chose, c'est certain, mais je vais attendre un peu. J'ai vu Rébecca seulement deux fois. Je ne sais pas si le champ est libre. À quoi bon faire de la peine à Karine pour rien?

— J'suis pas psychologue, bonhomme, mais si tes sentiments ont changé, tu ne peux pas lui laisser croire que tout baigne. Tu penses que, si ça ne marchait pas avec Rébecca, tu pourrais continuer avec Karine comme si de rien n'était?

— Non, reconnaît Marc-André. Ce n'est plus comme avant quand on est ensemble. Sauf que ça peut revenir, non? Avec ce qu'elle traverse en ce moment, ce serait salaud de lui annoncer que c'est fini entre nous. D'abord, comment on dit ça à une fille? J'ai des sueurs froides rien qu'à y penser.

— D'un autre côté, si tu restes avec elle en lui faisant des accroires...

— Peut-être qu'elle va se mettre à m'aimer moins, elle aussi...

Fred fait une moue dubitative, puis il hausse les épaules.

— Ce n'est pas moi qui vais te dire comment mener ta vie sentimentale, Dom Juan. Fais à ta tête... en écoutant ton cœur. C'est juste que je trouve Karine très spéciale, et... merde! Je n'arrive même pas à dire ce que je pense. De toute façon, ça ne change rien au fait qu'on l'aide à déménager après la classe, hein?

— Tiens, vous deux, salut! Ça va?

Se retournant, ils reconnaissent Violaine qui vient vers eux. Sans son uniforme, elle paraît cinq ans plus jeune; son embonpoint est plus évident aussi. «Elle me rappelle les modèles de Rubens», songe Marc-André. Elle ressemble peu à sa sœur, cependant. Violaine est une fille joviale, de taille moyenne et bien plantée qui semble prendre la vie du bon côté, tandis que Rébecca est grande et élancée et paraît avoir un tempérament plus affirmé.

— Alors, Frédéric, ma sœur va bien?

— Je vais te dire franchement, je me suis levé en retard et j'ai filé sans voir personne. Mais ne te fais pas de bile, tout le monde est correct à la villa.

— Est-ce que M. Le Forestier est parti? veut savoir Marc-André.

— Hélas non! répond Violaine. J'ai bien peur qu'il soit là jusqu'à cet après-midi. Mais changeons de sujet, ça me déprime de parler de lui.

Ils commentent joyeusement le retour du soleil jusqu'à ce que Violaine les quitte pour aller à son deuxième cours.

— Ouf! fait Karine qui les rejoint, essoufflée. Je pensais être en retard pour les maths. J'haïs ça avoir l'éducation physique à la première période, ça ne donne pas assez de temps pour se changer. Dites donc, c'est qui, la fille avec qui vous jasiez quand je suis arrivée?

6

Le *Gîte du Gitan*

En débouchant dans la rue Dalens, Marc-André se sent un peu dépaysé. Certaines bâtisses sont dans un état de délabrement avancé. À l'angle de la rue de la Gare, l'enseigne criarde d'un cabaret annonce des spectacles d'un goût douteux. Plus loin, du même côté, s'étendent une usine d'embouteillage de Seven-Up et un entrepôt de cosmétiques, puis une rangée de H.L.M. L'autre côté de la rue est occupé par le centre de rénovation *Pilon les Bricoleurs* et la pépinière *Au jardin Fleury*. Le jeune homme se demande si Violaine et Rébecca ne se sont pas payé sa tête en affirmant que leur hôtel se trouvait dans cette rue.

Marc-André a résisté huit jours avant de succomber à la tentation. Il sort toujours avec Karine. Vendredi dernier, ils ont regardé un vidéo dans le sous-sol des Pontchartrain et apprécié les avantages qu'il y a à veiller dans une maison chauffée plutôt que dans une tente battue par la pluie. Le lendemain, ils sont allés en couple chez Véronique, la meilleure amie de Karine, qui donnait un party pour son anniversaire. Consciencieusement, le jeune homme a essayé de se raccrocher au sentiment qui l'unissait jusqu'à tout récemment à sa belle amie, mais Rébecca hante tous ses rêves, l'obsède, le dérange, le possède tout entier. Alors c'est devenu plus fort que lui et, ce soir, après avoir ramené les chiens à la maison, il est ressorti.

— Tiens! s'écrie-t-il tout haut. C'est ici!

La petite hôtellerie vient de lui apparaître, à sa gauche, à un endroit où la rue descend et tourne légèrement. L'immeuble, modeste, mais méticuleusement propre, comprend trois étages en briques brunes. Quatre lampadaires de style vieillot en éclairent la façade. Une haie de chèvrefeuilles entoure une pelouse égayée çà et là par des bosquets de fleurs. Un étroit trottoir en pierre mène jusqu'au perron. L'ensemble est simple, accueillant et sympathique. Marc-André s'attarde un instant devant la grille, où un écriteau en forme de violon annonce: *Bienvenue au Gîte du Gitan.* Il ouvre résolument le portail. Rassemblant son courage, il gravit les marches menant à l'entrée et pousse la lourde porte de chêne. De petites lunettes plantées sur le bout du nez, un homme de taille moyenne et de teint basané l'accueille en souriant, mais non sans perplexité.

— Jeune homme? fait-il d'un ton inquisiteur.

— Oui, euh... je voudrais... j'aimerais voir Rébecca Galdès, s'il vous plaît.

— Rébecca est en bas. Elle sert au bar, ce soir.

— Merci, monsieur, dit Marc-André en se dirigeant vers l'escalier.

Mais l'homme le rappelle brusquement.

— Désolé, mais j'aimerais voir ta carte d'identité.

— Je veux juste lui parler, monsieur, je ne bois pas.

— Quel âge as-tu?

— Dix-sept ans très bientôt. Écoutez, il faut que je lui parle...

Mais l'homme n'en démord pas. On ne peut mettre les pieds dans le bar tant qu'on n'a pas dix-huit ans. C'est alors que Violaine fait irruption à la réception. Elle porte son uniforme noir et blanc.

— Marc-André!?

— Je veux voir Rébecca, explique celui-ci, mais je n'ai pas l'âge et...

— ... et papa te fait des misères, complète Violaine en riant. Papa, je te présente Marc-André Courchesne, un camarade de La Passerelle; mon père, Arturo Galdès.

Les deux hommes échangent une poignée de main.

— Et pour ce qui est de Rébecca, enchaîne Violaine, je vais aller lui dire que tu es là; je la remplacerai quelques minutes et elle pourra monter.

— Tu ne me feras quand même pas croire que tu as dix-huit ans!

— Elle, ce n'est pas pareil, justifie le père. Elle travaille.

— Bien justement, monsieur Galdès, relève Marc-André, figurez-vous que je me cherche un emploi! Barman, ça ferait parfaitement mon affaire.

M. Galdès éclate soudain d'un rire sonore.

— Tu es vif, jeune homme, et quand tu as une idée dans la tête, tu ne l'as pas dans les pieds! Bon, tu peux y aller. Ne reste pas trop longtemps. Pas de boisson, évidemment. Ne la dérange pas dans son service. Et...

Coupant court aux recommandations paternelles, Violaine entraîne Marc-André vers un escalier dérobé qui débouche derrière le comptoir du bar. Le jeune homme s'habitue peu à peu à l'éclairage tamisé de la salle et au volume de la musique. Rébecca sert des consommations à un groupe assis à l'avant. Elle adresse à Marc-André un petit signe de reconnaissance. Les clients paient, elle remet la monnaie, accepte les pourboires et revient vers le comptoir en portant un plateau rempli de verres vides.

— Salut, lui dit-elle. Alors, tu voulais constater de visu que l'indésirable avait bel et bien quitté les lieux! Eh oui, ça fait une bonne semaine qu'il nous a débarrassés de sa présence. À propos, merci pour le tuyau, ça m'a vraiment dépannée de pouvoir aller dormir à la villa.

Tout en parlant, elle a déposé son plateau et remis à Georges-Henri, le barman, le papier sur lequel sont inscrites les commandes.

— Tu termines à quelle heure? s'informe Marc-André.

— La semaine, on ferme à minuit. D'ailleurs, tu vas être obligé de m'excuser: dès qu'elles seront prêtes, j'aurai des consommations à servir. Il me reste trois tables à faire avant le spectacle.

«Le spectacle, quel spectacle?» s'étonne Marc-André.

— Ton père m'a fait promettre de ne pas te déranger, dit-il, alors je vais faire ça vite. Quand est-ce qu'on pourrait se voir? Tu as bien des soirées de libres de temps en temps? On pourrait aller au cinéma, au restaurant...

Rébecca hésite avant de répondre. Elle scrute Marc-André attentivement. Puis elle se décide:

— Des soirées, je n'en ai pas. De toute façon, je sors rarement. Et surtout, j'économise. Alors le ciné et le resto sont hors de question.

— Moi non plus je n'ai pas d'argent à jeter par les fenêtres. Une promenade, alors? J'aimerais vraiment... te connaître un peu mieux.

Son cœur bat à tout rompre. Les paroles qu'il vient de prononcer sont tellement en deçà de la vérité! Il est complètement subjugué par la sensualité qu'elle dégage. «Je veux absolument te connaître beaucoup mieux», corrige-t-il pour lui-même en la regardant intensément. Cette fois, il n'y a plus de doute dans son esprit: sa gitane, il l'a dans la peau.

— J'ai peu de temps de libre, dit-elle, et je t'avertis tout de suite: je ne veux pas m'embarquer dans quoi que ce soit de sérieux. Je quitte Montréal dans quelques mois et je veux partir libre de toute attache. Ceci dit, j'ai congé mardi prochain et je pourrais te rencontrer, disons, à cinq heures? Devant *Chez Pop,* O.K.? Alors, tope là! On ira marcher du côté de la falaise.

Sur ce, elle reprend son plateau et retourne vers les tables.

Se retirant à l'écart, Marc-André sourit. Rébecca a très bien compris ce qu'il lui demandait. Elle a senti qu'il était attiré par elle et elle l'a mis en garde. Le regard qu'elle lui a jeté trahissait de l'admiration – son pantalon noir, sa chemise en coton beige et son pull vert olive ont fait leur effet, et il est passé chez le barbier cet après-midi pour faire rafraîchir sa coupe en brosse. Mais où donc s'en va-t-elle dans quelques mois, et pour combien de temps?

Perdu dans le tourbillon de ses pensées, Marc-André ne se rend pas compte que l'atmosphère change dans la salle. La musique s'est estompée pour faire place à un calme étonnant, rempli d'expectative. Même les conversations s'arrêtent. Les lumières s'éteignent et les chaises pivotent vers une petite scène située sur la gauche. Un gémissement aigu naît à l'arrière-scène, s'amplifie, et puis voilà un gitan qui s'amène en faisant pleurer son violon. Son archet triture ses cordes pour qu'elles expriment tour à tour la douleur et l'amour, l'ardeur et la nostalgie. Pendant plusieurs minutes, c'est un enchantement. Le musicien met son âme à nu et l'on se demande qui de lui ou de son instrument joue de l'autre. La mélodie fougueuse culmine au moment où le violon, doucement d'abord, puis de plus en plus fort, incite les spectateurs à battre des pieds et des mains dans un crescendo passionné.

Une salve d'applaudissements salue l'accord final et le gitan quitte bientôt la scène. Quelqu'un lance: «Chérie! Chérie!» et le cri est repris par tous les spectateurs. Aux premiers accords de guitare qui parviennent de l'arrière-scène, la salle se lève d'un bond en claquant des mains. Un bruit de castagnettes, des talons qui claquent, le froufrou d'une jupe multicolore...

Appuyé au comptoir du bar, Marc-André regarde, émerveillé.

La femme aux longs cheveux noirs qui vient de déboucher sur la scène ne fait pas que danser: elle vole, elle tournoie, elle virevolte, en symbiose parfaite avec la guitare qui s'excite dans l'ombre. Envoûté, Marc-André ne voit que la continuité du mouvement et l'agilité de la silhouette colorée qui se multiplie en occupant tout l'espace. Il aspire goulûment la sensualité de l'artiste, portée à son paroxysme par la musique.

La danseuse termine son numéro par une figure audacieuse avant de faire voler dans l'assistance la rose rouge qui ornait sa chevelure. Le dernier accord de guitare meurt au même instant, enterré par les bravos enthousiastes des spectateurs.

Encore sous le charme, Marc-André sursaute lorsque Violaine l'interpelle:

— Alors, ça t'a plu?

— Beaucoup. Qui sont ces artistes?

— Comment, tu n'as pas reconnu mon père?

— Le gitan, ton père? Incroyable!

— Ce n'est pas évident, avec son costume et les éclairages...

— Sans ses lunettes, surtout. Et la danseuse?

— C'est ma maman Chérie!

— Tu veux dire qu'elle s'appelle vraiment comme ça?

— Son nom, en fait, c'est Sherry Peltechi, née de mère américaine et de père roumain. Mais tout le monde l'appelle Madame Chérie.

— Galdès, c'est espagnol, non?

— *Si, señor.* Mon père est espagnol jusqu'au bout des doigts. Alors, nous, ma sœur et moi, on est la société des nations, quoi!

— Mais ta mère a sûrement vécu en Espagne pour danser comme ça?

— Oui, on a passé une partie de notre enfance à Séville. Mais on a aussi vécu trois ans à Los Angeles, deux à Shanghaï et deux à Munich.

— Mais vous avez l'accent des Québécois pure laine.

— Et après? Quand on parle l'anglais, l'espagnol, l'allemand ou le chinois, on parle comme des pure-laine, aussi. En plus maman nous a appris le roumain. Dans tous les lieux où l'on vit, on attrape l'accent régional en moins de deux. Le truc, c'est de parler entre nous dans la langue locale.

— Mais depuis combien de temps êtes-vous ici?

— Six ans bientôt. Un record, hein? L'exception qui confirme la règle.

Marc-André aurait mille questions à poser, mais M. Galdès s'approche, l'air mécontent. Dans son habit de patron, il n'a plus rien du gitan nostalgique qui l'a tant ému il y a quelques minutes.

— Violaine, monte te coucher, ma fille, tu as de l'école demain. Et toi, jeune homme, est-ce que je ne t'avais pas dit de ne rester qu'un moment?

— Quand le spectacle a commencé, monsieur Galdès, je n'ai pas pu partir, c'était trop... fascinant. Je... je... bravo. J'ai beaucoup aimé.

Un sourire involontaire éclaire les yeux sévères.

— Alors tu reviendras... quand tu auras l'âge.

— Hum... à moins que ce travail de barman...

L'hôtelier s'esclaffe alors malgré lui et Marc-André lui trouve soudain une bouille fort sympathique.

— Décidément, tu y tiens. Voyons voir... Je pourrais t'offrir un poste d'aide serveur à la salle à manger en fin de semaine. Si c'est vrai que ça t'intéresse, reviens me voir.

○

En revenant vers la rue du Ruisseau, Marc-André est assailli par les remords. Encore une fois, la blonde et la brune s'opposent dans sa tête et il se sent coupable envers Karine. Mais le violon et la guitare l'habitent encore, rythmant son pas d'une cadence nouvelle. Ouvrant la bouche, il aspire à pleins poumons une grande bouffée d'air: il a une folle envie de se lancer à corps perdu dans cette aventure – et son cœur bâillonne tous les arguments que fait valoir sa raison.

7

Aller jusqu'au bout du monde

Le mardi suivant, Karine et Marc-André quittent l'école à 16 heures, surpris par la chaleur agréable qui les accueille au dehors.

— Dommage que j'aie ce test de français à piocher ce soir, soupire la jeune fille; me semble que par un temps pareil on doit rester dehors.

– Je promène les molosses, comme d'habitude; tu peux venir avec moi.

— Ça me tente. Je t'appelle si je finis mes devoirs à temps.

— O.K.

— C'est drôle, le téléphone... C'est comme si j'en avais été sevrée. Depuis que je suis rentrée à la maison, je passe mon temps à appeler tout le monde. J'ai placoté une heure avec Véronique, hier.

— Et avec tes parents, ça se passe comment?

— Mal, grogne Karine. Quand mon père est là, ma mère devient muette. Pendant les repas qu'on prend ensemble, elle ne dit pas un mot. Papa essaie de faire la conversation: il me pose des questions et je lui réponds, il en pose à maman et elle ne répond pas. Hier c'est devenu tellement tendu qu'il a décidé de faire jouer de la musique. Il a mis le lecteur de disques compacts en marche. Il pensait que c'était Dave Brubeck qui jouerait – tu connais sa passion pour le jazz —, mais voilà que Chuck Berry se met à chanter *Johnny B. Goode* à tue-tête. On a tous sursauté et papa est parti à rire. Mais elle? Rien. Pas l'ombre d'un sourire.

Marc-André écoute d'une oreille distraite, regardant l'heure à tout moment. À l'angle de la rue Providence, Karine bifurque vers chez elle et le jeune homme court jusque chez les Lévesque.

— Madame Lévesque, je ne pourrai pas rester aussi tard que d'habitude, aujourd'hui, annonce-t-il lorsqu'elle vient ouvrir. En fait, il faudrait que je parte un peu avant cinq heures.

— Ah bon, fait la jeune maman, visiblement contrariée.

Ça ne lui donnera pas assez de temps pour la tournée d'emplettes qu'elle avait prévue. Le bébé attend déjà dans son landau.

— Dans ce cas, je vais me contenter d'aller au dépanneur avec Julia. Il me faut de petites choses pour le souper. Je te confie les garçons.

Benjamin sautille autour de l'adolescent, impatient de lui montrer la construction en Lego qu'il a préparée pour lui.

— Viens voir! fait-il en l'entraînant dans le salon. Vite!

— Wow! c'est vous qui avez fait ça? s'écrie Marc-André, impressionné.

— Moi tout seul, affirme Benjamin, fièrement, et ses frères confirment.

— Bravo! Hé, ça me donne une idée: on va jouer à la démolition! Allez chercher votre piste de course: on va construire une autoroute.

Aussitôt dit, aussitôt fait. Les tronçons orangés s'entrelacent bientôt à travers le salon dans un réseau routier fantaisiste. Accroupis autour de Marc-André, les garçonnets battent des mains, tout excités.

— Je vous explique le jeu: vous prenez une auto, vous lui donnez un élan et vous la faites rouler sur l'autoroute. Quand elle passe dans l'échangeur, la construction qui est dessous subit des vibrations. C'est là que la démolition commence. C'est celui qui fait tomber le plus de morceaux de Lego qui gagne. O.K.? À toi, Benjamin. Ensuite ce sera Francis, et puis Martin.

Les garçons s'en donnent à cœur joie pendant plusieurs minutes et le salon prend peu à peu des allures de cataclysme, avec des blocs de Lego qui gisent çà et là, des voitures qui volent partout et des tronçons de route qui s'écroulent avec fracas. Quand la mère revient, un cri d'horreur lui échappe.

— *Non mais franchement, Marc-André, je te pensais plus raisonnable!*

Elle n'est pas de bonne humeur. Une longue tirade lui permet d'évacuer une partie de sa furie. Benjamin se réfugie derrière le sofa pour pleurnicher.

— *Rangez-moi ce capharnaüm et ça presse!* crie-t-elle à la fin. *Sinon vous aurez affaire à moi!*

Les pleurnicheries se changent en hurlements et la maman exaspérée quitte la pièce en emportant le bébé qui braille à fendre l'âme.

Marc-André se rend compte qu'il est allé trop loin. Il voudrait s'excuser mais la dame en colère a claqué la porte de sa chambre. Alors, après avoir calmé Benjamin, il range les jeux dans les boîtes. Le salon conserve une allure d'après-guerre, mais le bilan ne s'avère pas trop lourd:

• Un cendrier en mille miettes – vraiment rien à faire :-((

• Un coussin déplumé – recyclable :-))

• Une figurine décapitée – jury encore en délibération <>:-()

Pleins de bonne volonté, les bambins s'activent à qui mieux mieux mais ne réussissent qu'à retarder le progrès.

— C'était drôle! glousse Martin. On va recommencer, hein?

— C'est moi qui ai gagné, hein, Marc-André? chuchote Francis.

L'adolescent s'aperçoit alors que les deux plus vieux n'ont pas cessé de rigoler. «Oh, oh! s'alarme-t-il, il va falloir que je leur explique certaines choses.» Rassemblant les garçons autour de lui, il leur parle sérieusement:

— Les p'tits monstres, ce jeu-là ne fait pas plaisir à votre maman, alors on va l'oublier, d'accord? J'en trouverai un autre, plus amusant encore.

— Lequel? veulent savoir les petits.

— Je n'ai pas le temps de vous l'expliquer maintenant. Mais c'est un jeu super. Et il se joue dehors, alors on ne mettra pas le salon à l'envers.

— Dis-nous c'est quoi, bon! insiste Martin.

Marc-André se fouille furieusement la cervelle en quête d'une idée.

— Tout ce que je peux vous dire c'est qu'avec ce jeu-là vous allez comprendre pourquoi je vous appelle *les p'tits monstres*!

— Wow! exultent les gamins. On va jouer aux monstres!

— À condition que d'ici là vous soyez des p'tits anges, d'accord?

— *Une autre chose, Marc-André...*

Sursautant, l'adolescent aperçoit la mère, toujours courroucée, qui est revenue dans la pièce.

— ... la prochaine fois que tu devras partir avant cinq heures, ce serait la moindre des choses que tu me préviennes la veille, tu ne penses pas?

— Euh, oui, madame Lévesque. C'est juste que ce soir...

— Je m'en fous, Marc-André. Que tu aies rendez-vous avec le pape ou que tu veuilles simplement te rendre intéressant, ça me passe par-dessus la tête. J'ai eu une journée harassante et tout ce que j'espère, c'est qu'elle finisse au plus sacrant pour que je puisse dormir! Allez, va...

Marc-André ne se le fait pas dire deux fois.

— Vous autres, les garçons, entend-il en descendant l'escalier, allez jouer dans votre chambre. Je ne veux plus vous voir jusqu'au souper.

Une fois dehors, le jeune homme s'élance vers le lieu du rendez-vous, bloquant de son esprit tout ce qui ne concerne pas Rébecca. Sans cesser de courir, il rentre sa chemise, boutonne sa veste et s'asperge d'eau de Cologne.

Il aperçoit Rébecca devant *Chez Pop* et son cœur part à l'épouvante. Elle porte un pantalon de coton lilas et un tee-shirt mauve foncé sur lequel est imprimé un chat tigré. Elle a les pieds nus dans des sandales en cuir. Pas de bijoux, mais un parfum de fruits sauvages qui crée autour d'elle un halo irrésistible. Ses cheveux flottent librement sur ses épaules.

— Désolé, s'excuse Marc-André, à bout de souffle. Je... je n'ai pas pu me libérer avant. Ça... ça ne fait pas trop longtemps que tu es là?

— Une dizaine de minutes, jette Rébecca avec une moue. Disons que j'étais en avance... Hé, retrouve ta respiration sinon tu vas t'effondrer.

— Merci d'être venue, dit-il. J'avais vraiment le goût de parler avec toi. Alors, on y va?

Les premières minutes, Marc-André cache son embarras sous une avalanche de questions. C'est comment tenir un hôtel? Est-ce difficile de déménager si souvent? Comment fait-on pour s'adapter à tant d'endroits nouveaux? Rébecca répond avec force détails et anecdotes.

— Mes parents ont la bougeotte alors la question ne se posait même pas. Papa a quitté l'Espagne à dix-huit ans pour parcourir le monde. Maman préférait faire des séjours prolongés ici ou là pour connaître les gens. Elle a vécu en Guinée, au Mexique et en Nouvelle-Zélande avant d'aller travailler dans un kibboutz, en Israël. C'est là qu'elle a rencontré mon père, qui parcourait le Moyen-Orient à bicyclette. Or, il a été pris au milieu d'une guerre éclair et il s'est réfugié dans le kibboutz où vivait ma mère.

Charmé par son intonation chantante, Marc-André boit littéralement ses paroles. Il n'ose lui prendre la main, mais se rapproche d'elle au point que leurs bras se frôlent. Rendus en haut du Chemin de la Falaise, ils s'arrêtent pour admirer la ville qui se déploie à leurs pieds, appuyés au muret en demi-lune aménagé à cet effet le long du trottoir. De l'autre côté s'étend un boisé touffu où des centaines d'oiseaux lancent au ciel leur hymne vespéral.

— C'est un bel observatoire, dit Marc-André.

— J'ai découvert cet endroit dès mes premières semaines au faubourg, lui confie-t-elle, et j'y reviens tout le temps.

— Tu as quel âge? demande-t-il à brûle-pourpoint.

— Dix-sept ans, huit mois et une semaine.

— Tu comptes les jours? Mais pourquoi?

— Bien vois-tu, à ma majorité, moi, je lève l'ancre.

— Mais tu sembles... ta famille... vous avez l'air...

— Je m'entends parfaitement avec mes parents et ma sœur est super mais... je compte les jours et, le matin de mes dix-huit ans, bonjour la visite. Mes parents sont d'accord; c'est eux qui m'ont donné le goût du voyage. Ils n'ont posé qu'une condition: que je termine mon cours secondaire. C'est fait. Le reste je vais l'apprendre sur le tas. Le monde est vaste, Marc-André, et moi, je suis curieuse. Il y a des coins de la planète où les gens vivent de façon totalement différente de toutes celles que je connais, et j'en connais quand même plusieurs! Il existe encore des tribus qui ont eu peu ou pas de contacts avec la «civilisation». Je veux entendre toutes les musiques, des plus simples aux plus sophistiquées.

75

Je veux connaître toutes les formes d'art, des plus primitives aux plus abstraites. Je veux voir de mes propres yeux les sept merveilles du monde. J'ai soif de rencontres, de découvertes, d'aventures...

Son regard caresse l'horizon tandis qu'elle parle, et sa voix devient rêveuse. Elle est tellement passionnée par son projet que Marc-André s'aventure à passer un bras autour de son épaule. Elle s'interrompt alors, agitée d'un frisson, et se tourne lentement vers lui. Une ombre passe sur son visage. Leurs têtes se touchent, et puis bientôt, leurs lèvres...

La force qui les soude l'un à l'autre les surprend par son intensité. Ils n'en finissent pas de s'embrasser, leurs lèvres ne se détachent que le temps d'un respir. Ils s'évadent hors du présent, maintenus dans un état de lévitation auquel ils s'accrochent de toutes leurs forces. Il leur faut plusieurs minutes, ensuite, pour retrouver leur souffle.

— Tu embrasses bien, murmure Rébecca. Tu en avais envie, pas vrai?

— Depuis la première seconde où je t'ai vue... Pas toi?

Côte à côte, ils laissent la paix du soir les pénétrer lentement, puis Rébecca sonne le retour.

— On mange à huit heures et demie, dit-elle. Entre le souper des clients et l'ouverture du bar. Et mes parents ne tolèrent aucun retard. Le souper en famille, chez nous, c'est sacré.

Marc-André a l'impression de rêver. Il a savouré pleinement chaque fraction de seconde de ce baiser profond et, en redescendant vers le faubourg, il en déguste le souvenir, qui produit la même accélération de sang dans ses veines, le même afflux d'émotion dans son cœur.

— Ton tour du monde, demande-t-il après un moment, par où il va commencer?

— Rien n'est encore définitif, répond-elle. Probablement par le Canada. J'irai vers l'ouest, l'Ontario, les Prairies, les Rocheuses, l'Okanagan, la Colombie-Britannique et l'île de Vancouver. C'est le scénario le plus probable, mais je suis flexible: des occasions se présentent parfois, je peux recevoir des invitations... J'ai des amis un peu partout. Il y a quelques mois, j'ai commencé à annoncer mon projet à la ronde, et là, j'attends.

— Et de place en place, tu vas travailler?

— Là où je vais m'installer pour assez long-temps. Quelle meilleure façon de fraterniser, de comprendre comment le monde vit? Ce n'est pas en échangeant sur la pluie et le beau temps avec d'autres touristes qu'on connaît la vraie face d'un pays, c'est en besognant avec les gens, ou en magasinant au marché local. J'ai de l'expérience en hôtellerie, je parle plusieurs langues; je trouverai bien du travail n'importe où.

Marc-André comprend que ce projet n'est pas improvisé de la veille.

— Je n'ai pas voyagé autant que toi, dit-il, mais ça me tente. Je connais un peu le Québec. On a été en Floride une année, et on a passé des vacances à Cape Cod une couple d'étés. En ce moment, mes parents vivent en Australie et mon tour du monde à moi va commencer par là.

— Ah oui? fait-elle. Ils sont partis seuls?

Heureux d'avoir piqué son intérêt, Marc-André explique en quelques mots sa situation familiale: la faillite de son père et le départ de ses parents pour Sydney. Il passe sous silence son problème de drogue, aigu à l'époque, et il réaménage les faits pour conserver l'attention de son interlocutrice:

— Il était question que je les accompagne, mais le billet d'avion coûtait trop cher pour les moyens de mes parents. Sauf que moi aussi j'économise, et j'ai l'intention d'aller les voir.

Et tandis qu'il prononce ces paroles, une lumière s'allume dans sa tête: une évidence qui cause en lui une grande effervescence.

— Un jour je visiterai l'Australie, déclare Rébecca, rêveuse. J'ai un fantasme à régler là-bas: faire de la plongée dans la mer de Corail, le long de la Grande Barrière.

Malgré son émoi, Marc-André tait l'idée qui vient de germer en lui, préférant la mûrir avant de l'exprimer. À l'allégresse du sentiment qui grandit en lui pour Rébecca s'ajoute donc la frénésie de ce projet, qui réglerait ses problèmes en même temps que ceux de Christian et d'Isolde. «Je vais prendre M. Galdès au mot et accepter son offre d'emploi, décide-t-il. Ça va me donner de l'argent, de l'expérience en hôtellerie et la chance de passer du temps avec Rébecca. J'ai trois mois pour fignoler mon plan.»

Il doit se retenir pour ne pas sauter d'excitation.

8

Un dimanche d'octobre

Dans la somptuosité polychrome du mois d'octobre, les résidants du faubourg profitent des derniers beaux jours avant que la nature ne plonge en hibernation. En cette fin de semaine de l'Action de Grâce, tout le quartier s'est donné le mot pour faire des ventes débarras. Les couleurs automnales constituent d'ailleurs un décor fort sympathique pour les meubles et les objets hétéroclites qui jonchent les terrasses et les allées de garage, dans l'attente des chasseurs d'aubaines.

Vers 15 heures, Isolde entre en trombe dans le logement.

— Marc-André? appelle-t-elle, les yeux pétillants.

Celui-ci sort de sa chambre, tiré à quatre épingles: pantalon gris, chemise blanche et veston bourgogne.

— Qu'est-ce qui se passe? s'informe-t-il.

— Dieu merci, tu n'es pas encore parti! Hum, aurais-tu le temps de venir avec moi chercher une commode que je viens d'acheter? La voisine me prête son chariot, mais ça irait mieux à deux pour la tenir en équilibre. C'est à dix minutes d'ici. Je ne voudrais pas que tu sois en retard, mais...

— Pas de problème, je commence juste à cinq heures. Le temps de me mettre en jean et j'arrive. Le coin du bébé va être fin prêt avec ça?

Depuis vendredi soir, à force d'arpenter le quartier, Isolde a déniché un berceau, une table à langer et un landau qui se transforme en poussette. Christian l'a accompagnée les autres fois, mais aujourd'hui, son patron lui a demandé de rentrer au bureau pour finaliser une offre de services qui pourrait déboucher sur un contrat fabuleux. Les choses vont mieux pour lui, côté travail, il a même commencé à recevoir ses chèques de paye.

— C'est tout ce qui manquait! dit Isolde en cours de route.

Le diable fait un bruit d'enfer et elle doit parler très fort.

— La commode a besoin d'un sérieux rafistolage, mais Christian va s'en charger. Au prix où je
l'ai eue... Marc-André? Je peux te poser une
question?

— Essaie toujours.

— C'est un peu gênant... Mme de St-Cœur, tu
sais...

— La directrice de la villa Roche-de-St-Cœur,
je la connais.

— Bon, eh bien, elle donne un *shower* pour
mon bébé au début de novembre. Elle m'a demandé
qui je voulais inviter. J'ai pensé à Karine et je veux
ton avis. Ça m'embarrasse, vois-tu, parce que c'est
comme obliger quelqu'un à faire un cadeau, mais,
d'un autre côté, Karine est ton amie et je ne
voudrais pas l'insulter en ne l'invitant pas. Qu'en
penses-tu?

Marc-André en pense que la méprise a assez
duré.

— Invite-la comme une amie à toi, pas comme
ma blonde, répond-il sèchement. Les *showers,* de
toute façon, c'est des histoires de filles!

La brusquerie du jeune homme surprend Isolde,
qui reste silencieuse.

— Entre Karine et moi, ça ne va plus très fort,
avoue Marc-André.

— Oh...

— Oui, je sais, fait-il, déjà sur la défensive, je
la vois tous les jours, on sort ensemble le vendredi
soir et le dimanche après-midi. Isolde, je ne sais pas

quoi faire. Je ne l'aime plus comme avant, mais je suis incapable de le lui dire. Alors je fais semblant. Je reste son chum, je lui laisse prendre ma main, on s'embrasse même des fois... Elle a été tellement présente dans ma vie quand j'ai eu besoin d'aide que je me sens obligé d'être là pour elle maintenant que ça va si mal avec ses parents.

— Tu pourrais être là comme ami, même si vous cessiez de sortir ensemble... Ce n'est pas de ta faute, ce qui arrive. Tu n'es pas censé avoir trouvé la femme de ta vie à dix-sept ans. Regarde autour de toi: les relations se font et se défont. Moi, par exemple...

— Tu as eu un autre chum avant Christian?

— Quelqu'un que tu connais même assez bien. Ton ami Carlo, qui fait partie de NA.

Marc-André n'en croit pas ses oreilles.

— Tu es déjà sorti avec lui? Tu ne m'as jamais dit ça!

— Non, mais je te le dis aujourd'hui. On s'était rencontrés lors d'une excursion à bicyclette organisée par des amis. On a sympathisé tout de suite. On avait plein de secrets à se confier. Les semaines suivantes, on s'est vus régulièrement, mais... tu connais son oncle?

— L'ogre avec des yeux tout le tour de la tête, qui le mène par le bout du nez, même maintenant qu'il est à l'université?

— Celui-là même, confirme Isolde en riant. Eh bien, il voyait nos relations d'un très mauvais œil. Carlo se faisait brasser chaque fois qu'on avait le malheur de se voir. Son oncle le séquestrait presque et il sortait par la fenêtre pour venir à nos rendez-vous. C'est devenu intenable! Alors on a espacé nos rencontres et... nos sentiments ont tiédi. Ensuite, je suis allée vivre ailleurs pendant un moment et on s'est perdus de vue. À mon retour au faubourg, je suis devenue amoureuse de Christian et j'ai appris entre les branches que Carlo avait une blonde... C'est rare qu'on trouve l'âme sœur du premier coup. On y va plutôt par essais et erreurs...

— Tu as raison, dit Marc-André, rasséréné. Mais... comment lui avouer ça? À Karine, je veux dire? Je me sens comme un salaud.

— Tu n'as aucune raison de te sentir comme ça. Tu ne fais pas exprès de ne plus l'aimer. Vous n'êtes ni mariés ni fiancés, après tout. La seule chose que tu dois faire, c'est le lui dire, même si ça doit lui causer du chagrin.

— Rien qu'à y penser, je me sens mal.

Ils viennent d'arriver à destination et Isolde désigne à son compagnon la commode qu'ils sont venus chercher.

— Tu as vraiment acheté cette vieille ruine déglinguée? demande Marc-André en grimaçant. Tu es certaine de ton coup?

— À cinq dollars, je suis certaine de mon coût, en tout cas, répond-elle en riant.

— C'est vrai qu'à ce prix-là tu ne risques pas grand-chose.

— Après que Christian aura consolidé les tiroirs et qu'on lui aura donné deux ou trois couches de peinture, tu ne la reconnaîtras plus.

Marc-André installe le meuble sur le chariot et l'attache avec des courroies. Puis ils font le chemin en sens inverse en traînant leur fardeau.

«Je me sentirais moins coupable s'il n'y avait pas Rébecca dans le décor», rumine le garçon. Mais de ça, il ne veut pas parler à Isolde. «Demain lundi, je vais aller voir Karine et mettre les choses au point», se promet-il.

○

Entre 18 et 20 heures tous les soirs, le *Gîte du Gitan* ouvre sa salle à manger: on y sert une table d'hôte fort abordable en plus d'un menu à la carte raffiné. D'excellents vins sont disponibles, et le patron se targue d'avoir, dans sa cave, de quoi satisfaire les plus difficiles.

C'est la troisième fin de semaine que Marc-André travaille comme aide serveur, et cet emploi lui apporte énormément: beaucoup de frustrations – certains clients sont casse-pied, le patron, exigeant, l'horaire, astreignant –, mais aussi beaucoup de gratifications, la plus importante étant de besogner coude à coude avec Rébecca.

Arrivé à 17 heures, il ne chôme pas: il dresse les tables, aide à la cuisine, court à gauche et à droite pour chercher ceci ou cela. Mais lorsque les portes de la salle à manger ouvrent à 18 heures, il endosse son veston, ajuste sa cravate et passe à l'inspection: M. Galdès exige qu'il soit impeccable. Il doit en effet accueillir les clients, les accompagner à leur table, leur servir de l'eau, leur demander s'ils désirent des apéritifs et leur envoyer une serveuse ou un garçon. Lorsque les tables se libèrent, il doit encore les débarrasser et les dresser à nouveau pour les clients de 19 heures. Ceux qui ont des interrogations d'ordre gastronomique sont référés au patron en personne et rien ne plaît davantage à Arturo Galdès que de se faire consulter pour élaborer un menu. Et si quelqu'un commande du champagne, le même patron préside fièrement à la cérémonie du bouchon!

Le reste du temps, M. Galdès aide sa femme à la cuisine: il prépare les salades, goûte les sauces, rectifie les assaisonnements, tranche les rôtis, évide les poissons... Toujours en sifflotant. Vingt tables, quatre-vingts places, deux services, donc une possibilité de cent soixante clients par repas. Pas de temps pour flâner... Et ce soir, c'est vraiment un feu roulant.

— Je n'ai jamais vu autant de monde, fait remarquer Marc-André à Rébecca qui passe près de lui.

— Ce n'est pas pour rien qu'on a fait rentrer du personnel additionnel. Ma mère est un chef de renom et on vient de partout pour manger au *Gîte*!

86

Marc-André se demande si Rébecca se moque de lui lorsqu'elle lance des affirmations pareilles. Mais à voir l'achalandage, elle peut avoir raison.

Deux couples d'âge mûr se présentent et Marc-André les escorte à leur table. Il a appris à tirer les chaises galamment pour faire asseoir les dames.

— Il y a deux autres groupes qui arrivent, lui glisse Violaine à l'oreille. Vas-y, je m'occupe des verres d'eau.

— Tout de suite.

Il travaille quatorze heures chaque fin de semaine: trois heures et demie au dîner, trois heures et demie au souper, les samedis et les dimanches. Outre son salaire, il reçoit sa quote-part de pourboires et se sent ainsi moins mal à l'aise vis-à-vis de Christian et d'Isolde. Maintenant, il apporte une contribution importante au budget hebdomadaire, en plus de se constituer une réserve pour ce projet secret qui lui tient tant à cœur.

Les derniers clients viennent de partir et c'est le grand branle-bas à la cuisine. Trois immenses lave-vaisselle nettoient les couverts, mais chaudrons et plats de service sont récurés à la main. En tant que dernier arrivé au sein du personnel, Marc-André s'est vu assigner d'office le titre de plongeur. Les mains dans l'eau, il frotte donc de son mieux, tandis que les autres astiquent les comptoirs et les cuisinières, balaient le plancher et rangent les aliments. Madame Chérie refait l'inventaire des provisions, d'après lequel le patron établit sa liste d'emplettes pour le marché du lendemain.

— Si tu n'as pas de plans pour la soirée, dit M. Galdès à Marc-André lorsque la cuisine reluit enfin comme un sou neuf, tu es le bienvenu chez nous pour le souper. Tu as donné un bon coup de main aujourd'hui. Si ça continue, tu finiras par devenir efficace.

Le jeune homme comprend que le patron se moque de lui et il sourit.

— Euh, merci, M. Galdès. Pour votre invitation, ce n'est pas de refus. Je dois seulement prévenir mon frère et ma belle-sœur.

Une table d'apparat de seize couverts est dressée en haut dans la salle à manger familiale et Marc-André reconnaît, parmi les convives, tous les membres du personnel qu'il a déjà rencontrés, ainsi que d'autres qu'il n'a jamais vus. Madame Chérie assigne les places tandis que le patron débouche un jéroboam[3] de vin rouge.

— On n'a qu'une heure pour manger, commence celui-ci solennellement, mais je tiens, comme chaque année, à prendre ce repas d'Action de Grâce avec tous ceux qui contribuent à faire du *Gîte du Gitan* un endroit aussi agréable. C'est ma façon de vous dire merci à tous et à chacun. Je ne

---

3. Jéroboam: grosse bouteille, d'une contenance d'environ trois litres.

vais pas faire de discours, vous le savez, ce n'est pas mon genre.

Un éclat de rire accueille ces paroles. Manifestement, le père Galdès vient de lancer là une boutade spirituelle. Il reprend en souriant:

— Disons que vous êtes sauvés par notre horaire serré. Bref, je serai bref. Mes amis, vous le savez: sans vous, je n'aurais pu mettre le *Gîte du Gitan* sur pied, pas plus que je ne pourrais aujourd'hui le gérer sans votre aide. Ma femme et moi avons bourlingué aux quatre coins de la terre avec nos deux filles et nous pouvons l'affirmer: c'est à Montréal que nous avons trouvé l'équipe de collaborateurs la plus merveilleuse du monde. Alors je propose un moment de recueillement pour que nous puissions prendre conscience de la chance que nous avons de travailler tous ensemble, et en remercier... Qui de droit... chacun selon nos croyances.

Impressionné par ces paroles empreintes d'émotion, Marc-André fait sa propre action de grâce silencieuse... entre autres à la maîtresse des lieux qui l'a assis à côté de Rébecca; et il se promet de glisser à cette dernière un mot de son idée, qu'il juge enfin assez mûre. Mais il n'y a pas de place pour les apartés à la table des Galdès. La conversation est générale, alimentée par les hôteliers qui racontent avec verve leurs expériences de travail sur d'autres continents...

— À vous entendre, patron, on croirait que vous parlez d'une autre planète! commente

Georges-Henri. Ces superstitions... c'est incroyable!

— Quand on s'installe dans un pays aux coutumes millénaires, explique Madame Chérie, on doit s'ajuster. Alors nous avons modifié l'aménagement de notre établissement et, dès la semaine suivante, nous ne suffisions plus à la tâche. Ceci dit, nous avons fait à Shanghaï un séjour très sympathique.

— Vous autres, les filles, demande une jeune serveuse à Rébecca et à Violaine, quel pays avez-vous aimé le plus?

— Moi, j'ai adoré l'Espagne, répond Rébecca. Il y faisait toujours chaud.

— Moi, ce que j'aime, enfin, ce que j'aimais, c'était le changement, dit Violaine. Quand ça faisait assez longtemps qu'on était quelque part, je commençais à demander: «Quand est-ce qu'on s'en va, hein, papa?» «Dis, maman, où est-ce qu'on va aller, en partant d'ici?»

— Quand Violaine commençait à frétiller, on savait qu'il fallait chercher une nouvelle terre d'accueil, dit M. Galdès avec un sourire affectueux.

— Alors, on étudiait la carte du monde, enchaîne sa femme, on pointait un certain nombre de destinations, on se renseignait, on établissait des contacts et, peu après, invariablement, quelque chose se présentait.

— Et là, c'était l'effervescence! se rappelle Violaine. On devait décider de ce qui déménageait avec nous, vendre le reste, remplir des cartons...

— Papa et maman nous parlaient de l'endroit où on s'en allait, enchaîne Rébecca, ils nous en expliquaient le climat, la langue, la religion, les coutumes, les paysages; ils nous lisaient des contes de notre futur pays.

— Vous ne laissiez jamais de regrets derrière vous? veut savoir Marc-André. Ce n'était pas difficile de quitter les endroits que vous aimiez?

— Si, bien sûr, répond Rébecca. Surtout nos amis. Mais ce n'est pas parce qu'on déménage à l'autre bout du monde qu'on doit perdre contact. On s'écrit, on se rend visite. Ma meilleure amie de Chine est venue passer trois semaines ici cet été. Notre cercle d'amis s'élargit à chaque séjour. Pour répondre à ta question, Marc-André, les regrets étaient amplement contrebalancés par l'anticipation de la nouveauté.

— Oui, confirme la mère, nous avions autant de plaisir à préparer le prochain séjour qu'à le vivre une fois sur place.

— Mais alors, comment ça se fait que vous soyez ici depuis six ans?

— Nous voulions que nos filles puissent s'enraciner pour la période cruciale que constitue l'adolescence. À vrai dire, nous avons eu un coup de foudre pour votre pays et pour ses habitants. Nous ne sommes pas rassasiés de découvrir les paysages majestueux de vos régions sauvages.

— C'est notre tournée des lacs, au nord de Sept-Îles, que j'ai préférée, dit Rébecca. Non seulement c'est magnifique, mais la faune y est extraordinaire. On voyait des cerfs chaque jour, on croisait des lièvres, on se faisait réveiller par des chants d'oiseaux magnifiques. On vivait dans des cabanes rudimentaires, mais ce qu'on y était bien!

— J'ai adoré les Îles-de-la-Madeleine, dit Violaine. La pêche sur les chalutiers. Les phoques sur la banquise. Les régals de poisson frais... Les gens qui se fendent en quatre pour vous rendre la vie agréable.

— Je pleure chaque fois que je vois le rocher Percé, avoue M. Galdès.

— Vous êtes ici depuis six ans seulement, observe Marc-André, et vous connaissez mon pays mieux que moi.

— Ne t'en fais pas, Marc-André, ça se corrige, assure Madame Chérie. Avant mes dix-huit ans, je n'avais vu que la ville du Mid-West américain où je suis née. Une ville sans relief et sans histoire. Tous mes camarades allaient étudier en dehors de l'Indiana après leur cours secondaire, mais mes parents me gardaient près d'eux, sous prétexte qu'il y avait toutes les institutions nécessaires là où on habitait. Je restais là même l'été! Mon père lui-même n'est jamais retourné en Roumanie voir sa famille.

— Tu t'es bien reprise depuis, hein, Chérie? glousse son mari.

Tout en conversant, les convives font circuler les plats. Marc-André ne sait trop ce qu'il mange, mais il devine que ce sont les meilleures recettes des quatre coins de la planète. Il a refusé le vin en tournant son verre, soulagé de constater qu'on ne s'en formalisait pas. Du reste, le simple fait de manger avec Rébecca l'étourdit autant que l'ivresse et attise son envie de la serrer dans ses bras. Ils ont fait deux autres promenades sur la falaise depuis leur premier rendez-vous, chacune plus excitante que la précédente.

À 21 heures 45, comme le temps presse, M. Galdès passe autour de la table en présentant à chacun le plateau de fruits et de fromages, tandis que Madame Chérie distribue du café et des portions de mousse au chocolat.

— C'était vraiment très bon, dit Marc-André à la fin du repas. Merci.

Georges-Henri est déjà au poste et ceux qui l'assistent au bar s'apprêtent à aller le rejoindre. Les autres restent pour laver la vaisselle et Marc-André est réquisitionné comme essuyeur.

— Quand est-ce qu'on peut se voir? demande-t-il à Rébecca juste avant qu'elle ne descende. J'aurais une suggestion à te faire pour ton voyage.

— Demain, entre le dîner et le souper? Ça te convient?

Marc-André hésite, en proie à un dilemme torturant. Il doit parler à Karine, et il s'était juré de le faire demain après-midi. Par contre, l'invitation de Rébecca est trop tentante pour qu'il la refuse. Son cœur chavire – il a lu une promesse dans les yeux de la jeune fille. Il sent déjà ses lèvres sur les siennes et il flotte sur un nuage. La conversation avec Karine peut attendre encore un peu. Après tout, c'est primordial qu'il explique son projet à Rébecca et, surtout, qu'il connaisse sa réaction.

Debout en haut de l'escalier, la jeune fille attend sa réponse.

— D'accord, fait-il. Je serai ici à 2 heures 30 pile.

— Viens en vélo. Tu pourras réévaluer la cycliste que je suis.

9

Petit béguin
ou grand amour?

— C'était gentil de la part de tes parents de m'inviter, hier soir, dit Marc-André. Quelles anecdotes intéressantes ils ont racontées! J'ai senti que, malgré tous vos déplacements, vous avez établi des traditions solides.

— Mes parents croient aux traditions signi-fiantes, tout en admettant qu'on y déroge à l'occasion. Oui, on a une belle vie de famille.

— Je suis content de vous connaître, toi surtout...

Il appuie sur les derniers mots et un silence s'ensuit. Ils roulent côte à côte sur la piste cyclable nouvellement aménagée le long de la voie ferrée. Ils circulent lentement car, en ce lundi d'automne où le mercure atteint 18°C, la piste est prise d'assaut, non seulement par les cyclistes, mais aussi par une horde de patineurs qui roulent à tort et à travers. Marc-André, qui voudrait bien retrouver une certaine intimité avec Rébecca, finit par grogner avec impatience:

— Cette foutue piste aboutit-elle quelque part ou va-t-on devoir éviter des désastres tout l'après-midi?

— Suis-moi, répond simplement la jeune fille en braquant à gauche.

La piste court entre la voie ferrée et le secteur industriel du faubourg, qui rejoint vers le sud le port de Montréal. S'engageant sur le sentier raboteux qui sépare la *Biscuiterie Charlot* et la *Maçonnerie Vanicola,* les jeunes gens débouchent sur un terrain vague ouvert sur l'horizon. Dans la visibilité parfaite du milieu du jour, ils aperçoivent le ruban scintillant du fleuve qui ondule dans son lit et, au-delà, le profil des montérégiennes, joyaux multicolores dans la plaine environnante.

— Encore un point de vue spectaculaire que je découvre grâce à toi, admire Marc-André.

Délaissant leur vélo, ils partent au pas de course. Ils sont seuls, absolument, divinement et totalement seuls! Marc-André laisse Rébecca prendre de l'avance, puis s'élance, la dépasse et se retourne. Les joues rouges et les yeux brillants, il ouvre les bras et la cueille au passage. Elle se laisse emprisonner et, sans trop savoir comment, ils roulent bientôt dans l'herbe tiède, pressés de retrouver l'intimité à laquelle ils rêvent depuis la dernière fois. Ils s'abandonnent aux délices d'un baiser qui les laisse pantelants lorsqu'après plusieurs minutes ils s'arrêtent enfin pour respirer.

— J'ai envie de toi..., avoue Marc-André en dénouant le ruban de tulle mauve qui retient la chevelure de la jeune fille.

Ses cheveux s'éparpillent autour de sa tête et le garçon y enfouit le visage. L'odeur de l'herbe mêlée au parfum sauvage de Rébecca le grise. Doucement, sa main effleure le contour du buste qui pointe sous le maillot multicolore.

— C'était bon, murmure Rébecca après un moment.

Mais elle se redresse résolument. Ils s'assoient à l'indienne, l'un en face de l'autre. La jeune fille cueille un brin d'herbe et le porte à sa bouche.

— Et alors, Marc-André, ce projet mystérieux?

Encore sous le choc, il est pris au dépourvu par la question. Par où commencer? Les idées lui paraissaient pourtant très claires dans sa tête, mais il ne les a jamais exprimées à haute voix. Néanmoins, il plonge:

— C'est simple, tu m'as donné le goût de partir. À force de t'entendre vanter le plaisir de découvrir des lieux nouveaux, des peuples différents, des coutumes originales, j'ai envie d'aller voir ailleurs, moi aussi. Isolde attend un bébé, notre logement est exigu, je suis de trop, et, de toute façon, je n'ai pas envie de vivre là. Alors, dès que j'aurai assez d'argent, je rejoindrai mes parents et je finirai mes études à Sydney. Et je laisserai mon frère et ma belle-sœur jouir de leur vie de couple et de parents, sans témoin.

— Je ne vois pas en quoi ça me concerne, dit Rébecca après un moment de silence. Tu m'avais parlé d'une suggestion pour *mon* voyage à moi.

— Je veux d'abord savoir ce que tu penses de mon projet.

— Qu'est-ce que je peux te dire! fait-elle, agacée. Ce serait bien, sans doute. Mais... je ne sais pas quels sont tes rapports avec tes parents ou si tu as les moyens de te payer un tel périple. As-tu ton passeport? Non? Eh bien, ça aussi ça occasionne des frais. Par où veux-tu passer? As-tu besoin de vaccins? De visas? Es-tu conditionné mentalement pour un tel dépaysement? Comment est-ce que je peux savoir? Si tu es prêt à subir les aléas de l'aventure sans grimper dans les rideaux, tu devrais en profiter pleinement. Mais si tu pars avec l'idée d'aller remettre sous le nez de tes parents le fait qu'ils t'ont abandonné ici, tu fais fausse route!

Marc-André préfère garder ses motivations pour lui. La plus importante est d'établir un lien avec Rébecca. Le désir de découvrir l'Australie arrive en second, et celui de revoir ses parents, loin derrière. Il camoufle son embarras sous une boutade:

— Avoir su, j'aurais apporté mon bloc-notes! J'avoue que je n'avais pas pensé à la moitié de tout ça. Mais écoute-moi bien: que dirais-tu... qu'on parte ensemble? Ça voyage mieux à deux, non? On partage les frais...

— Allons donc, quand on loge dans les auberges de jeunesse, c'est du pareil au même qu'on soit deux, dix ou vingt, c'est tant par personne. Même chose pour la bouffe. Quand on est deux, on en achète deux fois plus et ça coûte deux fois le prix.

Rébecca semble irritée par sa proposition. Marc-André n'y comprend rien, mais ne déclare pas forfait pour autant:

— On se trace un itinéraire intéressant et on s'arrange pour arriver à Sydney au début de l'année scolaire, c'est-à-dire en février. Tu séjournes chez mes parents un bout de temps, ils seront heureux de t'héberger. Tu te trouves du travail pendant que j'étudie, et ton fantasme dans la mer de Corail, eh bien, on le vivra ensemble pendant un congé.

Ils discutent de longues minutes. Marc-André ne comprend pas la réticence de Rébecca. Pourquoi ne veut-elle pas partir avec lui? Est-ce qu'ils ne s'entendent pas merveilleusement? Mais elle résiste. Partir à deux, elle n'avait pas prévu... Ils se connaissent si peu. Comment savoir s'ils sont sur la même longueur d'onde? À la fin, à court d'arguments, Marc-André sort de ses gonds:

— Va donc te faire cuire un œuf, d'abord! Tu as dit toi-même que tu attendais des invitations, que tu saisissais les occasions. Eh bien, je t'en donne une, là: l'occasion de faire une partie du voyage avec moi et de séjourner chez mes parents. Si ce n'est pas assez bien pour toi, pars toute seule! Je saurai quoi penser de tes belles phrases sur les contacts humains! Je comprends que tu puisses aimer mieux voyager avec quelqu'un d'expérimenté que de t'encombrer d'un ignorant de mon espèce qui n'a jamais mis les pieds plus loin qu'à St-Glinglin...

— Ça suffit! Tu n'as pas le droit de me parler comme ça.

Elle ne succombera pas à un chantage aussi naïf. Avec une patience résignée, elle explique:

— Quand on voyage à deux, on doit s'entraider sans se marcher sur les pieds. Il faut avoir des raisons de croire qu'on va pouvoir se regarder du matin au soir et du soir au matin sans se crêper le chignon. Il faut être à la fois libres et solidaires. On doit être capable de se parler en toute franchise. Il faut avoir des sujets d'intérêt communs, partager les mêmes goûts, au moins quelques-uns... Et aussi faire des choses chacun de son côté. Tout ça pour te dire... Marc-André, c'est pas parce qu'on a le béguin l'un pour l'autre qu'on ferait des bons compagnons de route! *On se connaît à peine!*

— C'est tout ce que ça représente pour toi... un simple béguin? gémit-il, blessé.

Il se détourne pour cacher ses larmes de dépit. Un long silence s'ensuit. Puis il sent une main se poser sur son épaule et se retourne. Rébecca le fixe langoureusement, les lèvres tendues. Il hésite une fraction de seconde, mais il se laisse bientôt aller à la passion qui le dévore, enfouissant sa déception au creux de cette étreinte enivrante. Délicatement, ses doigts glissent sous le maillot de sa compagne et palpent ses seins. Rébecca frémit et son corps se met à onduler. Enhardi, Marc-André intensifie ses caresses. Mais un peu plus tard, lorsqu'il s'attaque au collant de la jeune fille...

— Ça s'arrête là, murmure-t-elle en freinant son geste.

Sa voix est douce, mais le refus s'inscrit dans tout son corps.

— Je ne veux pas faire l'amour, avoue-t-elle. Je trouve très excitant de s'embrasser et de se caresser, mais ça ne m'intéresse pas d'aller plus loin.

— Mais je te désire, insiste-t-il, et toi aussi, je le sens... et j'ai envie...

— Eh bien, je regrette de te décevoir, dit Rébecca en se rassoyant, mais je ne veux pas avoir une sexualité active pour le moment. Je veux faire mon voyage en toute liberté, j'ai été très claire là-dessus dès le début.

— Mais si on part ensemble?

— On ne part *pas* ensemble, mais si cela était, *raison de plus*! C'est peut-être ce qui me rend le plus réfractaire à ton idée, cette attirance indéniable que tu m'inspires. Avoir une vie sexuelle signifie qu'on s'engage dans quelque chose, qu'on est prêt à accueillir une dimension nouvelle dans sa vie, et moi, je ne suis pas prête. Ce serait prématuré. Je veux faire mon tour du monde *avant*. Je n'ai surtout pas envie de me mettre à prendre des anovulants et d'être obligée de traîner dans mes valises un stock de pilules et de condoms. Et enfin, tu as beau paraître plus vieux, tu n'as que dix-sept ans! Même moi, je me trouve jeune et j'en ai presque dix-huit. J'ai bien réfléchi à tout ça, ce n'est pas une décision que je prends impulsivement...

Elle se tait. Le jeune homme est encore trop bouleversé pour parler, alors le silence se prolonge. Il finit par ravaler sa déconvenue et il affronte le regard de sa compagne.

— Tu as raison sur un point, avoue-t-il, je n'avais pas pensé aux condoms et j'aurais dû. La différence entre toi et moi, vois-tu, c'est que tu as réfléchi à beaucoup de choses tandis que j'ai été centré sur mon petit problème personnel au point de ne voir que lui et de ne penser à rien d'autre.

— Ton petit problème personnel?

— Autant que tu saches... jusqu'au printemps dernier, j'étais dans la drogue jusqu'aux oreilles. Je serai toujours dépendant mais, depuis huit mois, je suis en rétablissement. Je vais aux meetings de

Narcotiques Anonymes. Moi, ma façon de prendre la vie avec une attitude positive, c'est de vivre vingt-quatre heures à la fois en espérant de jour en jour avoir la force de rester abstinent. Sauf que, dans mon esprit, l'abstinence en question n'incluait pas l'abstinence sexuelle.

La jeune fille sourit, l'air de s'excuser, et un vent de camaraderie souffle soudain sur eux. Ils se lèvent spontanément et courent vers leurs vélos. Marc-André refuse de perdre espoir: malgré tout ce que lui a dit Rébecca, il se fait fort de la convaincre de partir en tandem avec lui. Pédalant devant elle sur la piste encombrée, il se rappelle avec ravissement l'intensité de leurs caresses, et le sourire revient sur son visage.

10

À la recherche
de la gloire perdue

— Karine a téléphoné tantôt, lui dit Christian en le voyant entrer.

Au milieu du salon, Isolde est en train de transformer le berceau en moïse à l'aide de capitonnage et de rubans, tandis que Christian donne une couche de peinture à la commode déglinguée achetée la veille.

— Vous ne me ferez pas accroire que c'est la même! s'écrie Marc-André.

— Je te l'avais dit, non? exulte sa belle-sœur. Un peu de rafistolage et le tour est joué! Avec deux autres couches de peinture, on va en faire un chef-d'œuvre.

— Pour en revenir à Karine, reprend Christian, elle veut que tu l'appelles. Elle a parlé d'une invitation.

Intrigué, Marc-André compose son numéro. Elle répond tout de suite:

— Marc-André? Hé! j'ai quelque chose à te proposer. Maman est sortie avec une amie et papa travaille à l'hôpital toute la soirée. Alors, si ça te tente, viens souper. On pourrait se faire des spaghetti. Alors, c'est oui?

Marc-André décide de prendre le taureau par les cornes. C'est ce soir qu'il va avouer à Karine qu'il ne veut plus sortir avec elle.

— Le temps de prendre une douche et j'arrive! fait-il.

○

— Tiens, dit-il lorsque Karine vient ouvrir, voici ma contribution au souper.

— Wow! c'est une vraie folie! s'écrie-t-elle en reconnaissant l'emballage caractéristique des *Délices du Croissant*.

— Ce n'est pas gros, mais c'est de bon cœur.

Karine défait le ruban frisotté et jette un œil à l'intérieur de la boîte.

— C'est quoi? On ne peut pas voir avec le coulis qu'il y a sur le dessus.

— Un fondant aux pommes et à l'érable! Il faut le garder au froid.

Karine s'empresse de ranger le dessert au frigo.

— Je suis en train de faire revenir le veau haché avec les oignons, dit-elle, veux-tu préparer les autres légumes?

— Emmènes-en des céleris, des piments, pis des carottes..., fredonne Marc-André sur l'air de *La Pitoune,* de Gilles Vigneault.

— Je ne savais pas que tu savais chanter! s'écrie Karine en riant.

La jeune fille paraît de bonne humeur et Marc-André ne sait plus s'il trouvera la force de lui parler. Elle est si gentille, et elle s'est mise toute belle pour lui ce soir. Ce souper, d'ailleurs, c'est une chouette idée. Son cœur se serre. «Il va pourtant falloir que cette mascarade finisse!» Mais il se dérobe constamment, s'efforçant de ne pas y penser. «Un peu plus tard! Si je trouve le courage.»

— Je te sers un verre de cola? offre Karine.

— S'il te plaît, avec trois glaçons, une cerise et une tranche de citron!

— Charrie pas, quand même!

— À force de côtoyer des clients difficiles, ça finit par déteindre.

— À propos, ça s'est bien passé, cette fin de semaine, à ton hôtel?

— Oui. Le restaurant ne dérougissait pas. Je n'ai jamais vu autant de monde.

Karine lui tend son cola.

— Va pour la cerise, mais désolée, je n'ai pas de citron. Tiens! Santé!

Ils cognent leurs verres, solennellement.

— Tu as l'air drôlement en forme, Marc-André. Coudonc, où étais-tu, cet après-midi?

— Je me suis promené à vélo sur la nouvelle piste cyclable.

— Et c'était comment?

— Bondé. J'étais allé là avec l'idée de... réfléchir, mais... pas moyen.

— Réfléchir? relève Karine en fronçant les sourcils.

— Ben oui, quoi! Réfléchir à ma vie, à ce qui se passe...

Il s'interrompt brusquement, la gorge sèche. Comme approche pour aborder le sujet de leur rupture, c'est raté: il n'est plus capable d'ajouter un mot. Karine ne relève pas sa remarque, mais il sent peser sur lui son regard scrutateur. Il détourne les yeux. «Il sera toujours temps d'en parler après souper», se dit-il, «procrastinant» encore une fois.

— Tiens, les légumes sont prêts, dit-il. Passe-moi une casserole que je fasse bouillir de l'eau pour les nouilles.

Sans mot dire, la jeune fille ajoute à la viande cuite les légumes taillés et la sauce tomate. Elle assaisonne, goûte et continue à brasser.

— As-tu fini ton devoir de maths? demande Marc-André pour chasser le malaise.

— On l'a fait ensemble, hier soir, avec Véronique. J'ai couché chez elle. Ça m'a fait du bien. Je déteste l'atmosphère qui règne ici. Je ne peux pas ouvrir la porte de ma chambre sans me crisper. Je n'arrive pas à me détendre. La nuit, le silence est insupportable: le frigo rugit comme un lion en cage et le tic-tac de l'horloge grand-père me donne la chair de poule.

Ils continuent à causer en s'affairant. Fort de son expérience à l'hôtel, Marc-André dresse un couvert distingué, les petits plats dans les grands, les serviettes de table pliées en éventail. Il déniche une bougie dans une armoire et l'allume au milieu de la table. Mais qu'est-ce donc qui le pousse à perpétuer le mensonge – la bougie n'est-elle pas le symbole des tête-à-tête amoureux? «Faut croire qu'au fond je ne veux pas renoncer à l'affection généreuse de Karine», songe-t-il. Et, soudain, il voudrait éteindre la flamme, mais la jeune fille apporte déjà les plats sur la table. Dans la lueur romantique, ils dégustent les nouilles *al dente* nappées de sauce, puis le fondant qui, comme il se doit, fond dans la bouche.

— Si c'était toujours agréable et chaleureux comme ce soir, je ne me plaindrais pas, avoue

Karine à son copain en lui servant une seconde portion de dessert. Mais la plupart du temps, je m'ennuie de ma tente. Même humide, elle était plus accueillante que cette maison où je suis forcée de supporter des parents invivables. C'est rendu que je les évite le plus possible, autant mon père que ma mère...

— Tiens, tiens, tiens! Comme c'est intéressant! dit une voix railleuse.

Karine tressaille violemment et se mord la langue. C'est sa mère qui vient de lancer cette remarque sarcastique.

— Manquait plus que ça! chuchote-t-elle en échangeant un regard navré avec son copain. Elle a dû entrer par le garage et on n'a rien entendu.

— Je ne rêve donc pas, enchaîne Estelle en les rejoignant dans la cuisine. Tu m'évites. Eh bien, moi aussi, j'aimais mieux quand tu campais. Ça nous donnait une bonne excuse pour ne pas nous parler, alors que maintenant, comme on loge à la même adresse, c'est plus troublant de penser qu'on se dit à peine trois mots par semaine.

La jeune fille voudrait répliquer qu'elle en serait incapable. Les yeux écarquillés, la bouche ouverte, elle est comme pétrifiée sur place. Marc-André n'en revient pas non plus et voudrait bien se trouver à cent lieues de là. Pour se donner une contenance, il souffle la bougie et allume le plafonnier.

— Pardonne ma curiosité, maman, halète Karine, la première surprise passée, mais pourquoi ce déguisement? L'Halloween, c'est seulement dans deux semaines. Tu n'étais pas sortie souper avec ton amie Ginette?

Serrée dans une robe en paillettes au décolleté audacieux, Estelle est juchée sur des talons aiguilles en soie argentée, parée de bijoux somptueux.

— Penses-tu! Avec la guigne qui me poursuit! Le maître d'hôtel m'attendait avec son air compassé: «Nous sommes désolés, madame Pontchartrain, mais Mme Charest vient de téléphoner. Elle a un empêchement de force majeure et ne pourra pas se joindre à vous. Elle vous prie d'accepter un apéritif à sa santé. Elle vous appellera demain.» Force majeure, mon œil! Alors j'ai calé mon vermouth en broyant du noir et je suis rentrée sans souper. Ça fait une heure que je suis dans ma chambre.

— Mais ça n'explique pas cet accou...

— Oh ça... Je voulais juste voir si je pouvais rentrer dans les vêtements que je portais dans le temps. Histoire de mesurer l'efficacité de ma cure d'amincissement. Je fais tellement d'efforts.

— Ça, tu peux le dire, ricane la jeune fille. Et ce n'est pas d'hier.

Elle avait treize ans lorsque sa mère avait mis le holà sur tout ce qui se réclame, de près ou de loin, de la gastronomie gourmande. Depuis, tartes et gâteaux brillent par leur absence à la table des Pontchartrain, les pâtes alimentaires en sont bannies – ainsi que pain, pizzas, chocolat, plats à la crème ou gratins appétissants – et place aux viandes maigrelettes, aux salades vertes, aux biscottes sans calories et aux yogourts écrémés!

— C'est vrai que tu as maigri, maman...

— ...aminci, rectifie Estelle, presque fâchée.

— Aminci, si tu veux; mais je te trouvais très bien comme tu étais... Ton poids te préoccupe trop.

— J'ai retrouvé ma taille de jeune fille, murmure Estelle, et je laisse allonger mes cheveux pour les remonter, comme je les portais lors de mon spectacle au mont Orford. T'en souviens-tu?

— Voyons, maman, je n'étais pas au monde!

— Mais tu as vu les photos...

Karine soupire... Sa mère a connu son heure de gloire lors d'un récital de jazz au centre musical d'Orford il y a longtemps. Un triomphe. Elle avait vingt ans, une voix chaude, une passion intérieure intense, un sens du rythme extraordinaire. S'ajoutaient à cela des formes excitantes, une personnalité du tonnerre, un visage coquin, des yeux canailles et un sans-gêne qui en faisait rougir plus d'un. *Estelle Larouche – Irrésistible,* titraient les journaux à la une au lendemain de cette performance sous les étoiles. *Une jeune chanteuse de Magog vole la vedette,* proclamait une autre manchette. *Une voix vibrante qui prend aux tripes. Une artiste qui promet.*

Sauf que, voilà, la promesse n'a pas été tenue.

Incapable de rester assise, Karine se démène dans la cuisine en écoutant sa mère ressasser ses souvenirs. Elle se demande comment Estelle réussit à faire aussi totalement abstraction de Marc-André. Elle agit exactement comme s'il était invisible. Et tout en parlant, la voilà qui s'installe en face de lui, à la place que vient de quitter sa fille.

— L'euphorie que tu ressens quand les bravos éclatent, c'est indescriptible. Tu sens tes joues bouillir sous le feu des projecteurs. Les applaudissements font trembler la montagne... l'ovation se répercute à l'infini dans l'écho de la nuit... tandis que, venues de toutes parts, les roses tourbillonnent autour de toi... Tu ris, tu pleures, tu n'es plus sur terre...

Combien de fois Karine a-t-elle vu sa mère se métamorphoser en racontant cette histoire, chaque fois embellie! Or aujourd'hui, en l'écoutant, la jeune fille a soudain une intuition alarmante... la certitude que cet événement d'hier se relie directement à la crise qui les agite aujourd'hui.

— J'étais... au septième ciel, poursuit Estelle, le visage en extase.

Karine se sent terriblement mal à l'aise devant le fait que Marc-André doive subir cette scène embarrassante.

— Mais je suis retombée, crache sa mère. Et durement.

«Bye bye la gloire, bonjour la débarque!» rumine Karine, qui connaît la rengaine. Les espoirs merveilleux de cette nuit-là ont été piétinés. En quelques semaines, le nom d'Estelle Larouche est retombé dans l'oubli.

— J'ai bien failli quitter mon emploi de secrétaire après ce concert-là. Je flottais sur un nuage. Je revivais ma nuit triomphale... J'arrivais au bureau chaque matin en me disant que c'était le dernier. Qu'un impresario allait me faire une offre impossible à refuser. J'avais le cœur en émoi chaque fois que le téléphone sonnait. Mais c'était toujours la banalité du quotidien qui me rattrapait. Et puis, un bon jour, j'ai cessé d'espérer... Les choses auraient sûrement tourné autrement si le Festival de Jazz de Montréal avait été ce qu'il est aujourd'hui. Avec les spectacles gratuits où les jeunes artistes ont la chance de se produire, ma carrière serait repartie en flèche...

— Et je ne serais pas là, dit Karine en badinant. Avec tes tournées sur toute la planète, tu n'aurais pas eu le temps de me mettre au monde.

— Mais si, assure Estelle, à la seule différence que tu serais née à Montreux ou à la Nouvelle-Orléans. Mais à quoi bon penser à tout ça?

— Si ça te fait du bien, pourquoi pas? Ce n'est quand même pas tout le monde qui a vécu quelque chose d'aussi extraordinaire!

Pour un moment, Karine se sent en communion avec sa mère. La tenue extravagante d'Estelle lui paraît soudain aussi normale que ses longues jupes à elle, qui lui valent les moqueries de toute La Passerelle. Moqueries méprisantes ou affectueuses, mais moqueries quand même.

— C'est pour Louis que je me suis habillée ainsi, avoue alors Estelle.

— Pour papa? Là, franchement, tu me perds...

— C'est la toilette que je portais le soir de notre rencontre. Je t'ai déjà raconté notre première rencontre...

— Des milliers de fois, rigole Karine. Ton amie Ginette vous a présentés l'un à l'autre le même soir, après le spectacle. Es-tu en train de me dire que tu portais la robe que tu as sur le dos quand tu as chanté sur ta montagne?

— Celle-là même, Karine. Tu te rends compte que c'est la première fois que je peux la remettre depuis ta naissance? Ce n'est pas beau, ça?

— C'est si important pour toi, maman? soupire la jeune fille.

— Si tu savais à quel point, Karine! Si tu savais...

Et soudain rien ne va plus. Le ton change. Estelle devient agressive, fielleuse, méprisante. Elle bondit sur ses pieds et se plante devant Karine, l'index accusateur. Puis un flot de haine jaillit de sa bouche:

— Je l'ai vu, ton père, avec toutes ces femmes séduisantes! Ah oui! je les connais, mes rivales. Et il ne l'emportera pas en paradis, je te le jure. Il va cesser de sauter la clôture.

— Maman, arrête! Papa n'aime que toi, il me l'a dit.

— Et tu l'as cru!

— Je n'ai aucune raison de ne pas le croire, ni toi non plus.

114

— Arrive en ville, Karine! Ton père travaille entouré de jeunes femmes: les infirmières, ses collègues féminines, ses patientes, sans parler de ses assistantes, toutes dans la fleur de l'âge. Il n'est pas aveugle. Mon poids me préoccupe trop, selon toi: mais c'est la seule arme qui me reste. Quand Louis est tombé amoureux de moi, j'étais jeune et jolie, et je chantais. Aujourd'hui, sans parler de mon âge, ma voix a flanché et les rides m'enlaidissent. Sur tout cela, je n'ai aucun contrôle, mais il y a une chose que je peux faire: surveiller mon poids. Si ton père me voit porter les mêmes vêtements moulants qu'autrefois, ça lui rappellera de bons moments et il oubliera les minettes qui lui tournent autour comme des mouches.

Découragée, Karine se tait. «Papa a raison, constate-t-elle, maman est malade. Cette jalousie, c'est morbide.» Et un grand frisson la secoue.

— Louis va sûrement vouloir te laver le cerveau à toi aussi avec son verbiage: il te fera croire que je suis en préménopause, que mon système hormonal est déréglé et que je m'imagine ses fredaines. Mais je sais ce que je vois. Ton père passe ses journées avec d'autres femmes.

— Il est gynécologue, maman! C'est sa job de voir des femmes à cœur de jour. Et en plus, il est compatissant avec ses patientes. C'est une qualité, pas un défaut. Mais toi, tu es sa femme, et il t'aime.

— Compatissant, mon œil! Pourquoi ne se montre-t-il pas compatissant avec moi, alors? Si j'ose ouvrir la bouche pour lui exprimer mes problèmes, il me répète les mêmes balivernes: «Passe aux oubliettes, vieille mémère, t'es plus bonne à rien, avale tes pilules et sacre-moi patience!» De la foutaise! S'il s'imagine que je vais me laisser droguer pour qu'il puisse assouvir sa fringale de chair fraîche, il se trompe. Je sais comment me défendre. Je suis en train de lui concocter une surprise monumentale...

Les yeux exorbités par la rage, Estelle expectore son venin. Karine suffoque sous ce déversement d'énergie négative et craint que Marc-André n'en puisse plus. Ses larmes ruissellent. Cette scène grotesque ne finira-t-elle jamais? Puis, s'arrêtant brusquement, Estelle assène à la cuisinière un formidable coup de poing.

— Il va voir de quel bois je me chauffe! jure-t-elle.

Éclatant d'un rire sardonique, elle court s'enfermer dans la salle de toilette attenante au hall d'entrée.

Bouleversée, Karine se jette dans les bras de Marc-André.

— On devrait avertir ton père, murmure le jeune homme, lui-même passablement ébranlé. Tu veux que je lui téléphone?

— Non, si elle t'entendait, Dieu sait comment elle réagirait. Dans l'état où elle est...

De la salle de toilette leur parvient un fracas épouvantable. Affolée, Karine va coller l'oreille contre la porte.

— Elle est en train de casser tout ce qui lui tombe sous la main, conclut-elle. Tu as raison, il faut mettre papa au courant. Vite, courons à l'hôpital.

○

Marc-André a ressenti une curieuse impression en entendant Estelle épancher sa colère. Une impression de déjà-vu, avec un petit quelque chose en plus. Tout en se hâtant vers l'hôpital avec Karine, il se rappelle les scènes disgracieuses que lui-même orchestrait au plus fort de sa déprime, le printemps dernier. Il ferme les yeux en hochant violemment la tête. Ces souvenirs pénibles lui écorchent la mémoire.

— Tu sais, Karine, je la comprends un peu, ta mère.

Surprise, l'adolescente le prie de s'expliquer.

— Rappelle-toi comment j'étais quand tu m'as rencontré. J'avais besoin de casser des choses. Ça me prenait des soupapes pour évacuer ma fureur.

— Ce n'était pas pareil, affirme Karine. Tu avais un problème de dépendance dont tu essayais de te débarrasser, tandis qu'elle...

Elle s'arrête, stupéfaite.

— Tu ne penses pas que ma mère...?

— Je ne pense pas qu'elle ait un problème de drogue, mais elle vit une sorte de dépendance, j'en suis presque certain. Écoute, c'est un peu flou dans ma tête; tout ce que je sais, c'est que quand je l'ai vue entrer dans cette colère épouvantable, tantôt, je me suis reconnu... Quelque part, je peux comprendre qu'elle ait besoin d'expulser sa frustration démesurée.

Il n'ajoute pas qu'il a eu envie d'exprimer à Estelle cette étrange solidarité, de la prendre par la main pour l'aider à se dégager de ce carcan trop serré, de lui parler de la lumière au bout du tunnel. Comme quand un NA appelle à l'aide... Sensation déconcertante qui mérite une analyse... «Un autre tantôt», se promet-il. Pour le moment, une question le chicote:

— Son spectacle sur la montagne, c'est vrai, ça?

— Mais oui! Elle en rajoute toujours un peu, remarque, il y avait encore plus de fleurs ce soir que les autres fois, mais elle a bel et bien donné ce concert. J'ai vu les coupures de journaux avec sa photo et tout et tout.

— Un grand moment dans sa vie.

— *Le* grand moment de sa vie!

— C'est peut-être ça, alors! Elle se drogue de ce souvenir-là.

— Mais sa jalousie, alors?

— Elle a bien dit que ton père l'avait rencontrée pour la première fois à ce concert? Peut-être croit-elle que si elle recrée des circonstances semblables à cette première rencontre, il redeviendra amoureux d'elle.

— Mais il n'a jamais cessé de l'aimer.

— Ça ne change rien à son raisonnement puisque dans sa tête à elle, il ne l'aime plus.

Marc-André oublie un moment le problème d'Estelle pour retomber dans le sien. Cette conversation rend encore plus difficile sa confession. Comment peut-il jouer ainsi à l'expert sur l'amour quand lui-même...?

— Karine? commence-t-il pourtant.

— Quoi?

— Euh, il va falloir qu'on se parle sérieusement toi et moi... quand on aura un peu de temps. Et ça ne sera peut-être pas facile.

— Je sais, murmure-t-elle tristement. Je sens qu'il y a des choses entre nous qui ne sont plus comme avant, Marc-André. Je sais bien qu'on va devoir faire le bilan, un de ces jours. Mais, s'il te plaît, pas maintenant...

Sa voix flanche, et Marc-André se rend compte qu'il a été cruel d'aborder la question à ce moment-ci. «Merde! Je ne peux jamais gagner! grommelle-t-il en lui-même. Si je ne dis rien, je me sens comme un chien sale, et si je m'ouvre la trappe, j'ai l'impression d'être un bourreau.»

— Je veux juste que tu saches, Karine, que... tu seras toujours très spéciale pour moi, quoi qu'il arrive... entre nous.

Il a soudain une folle envie de la serrer dans ses bras. Bouleversé, il essuie sur ses joues les larmes qui coulent à flots. Il se sent infiniment triste.

— Regarde-moi, Karine, dit-il.

Elle tourne vers lui son visage chaviré et, dans un geste désespéré, ils s'étreignent en pleurant.

○

En les voyant entrer dans l'hôpital, l'air tout à l'envers, la préposée à l'urgence accourt vers eux.

— Karine? Qu'est-ce qui se passe?

— Appelle mon père s'il te plaît, Nathalie, ma mère est en crise!

Après ça, les choses se précipitent. Le Dr Pontchartrain se fait remplacer et se rend chez lui avec les ambulanciers. Estelle fume calmement une cigarette, assise au salon, lorsqu'il entre.

— Je t'attendais, Louis, dit-elle. Je suis prête. À l'hôpital, avec un peu de chance, je te verrai plus souvent qu'ici.

Il a un choc en la voyant se lever, encore vêtue de ses atours.

— Estelle! voudrait-il crier, mais c'est un gémissement qui lui échappe.

Cette crispation à la poitrine, encore. «Un de ces jours, il va falloir que j'y voie», se promet le médecin qui, une fois de plus, attend simplement que ça passe.

— Aurais-tu changé d'idée? persifle Estelle en le voyant s'asseoir, lourdement. Depuis le temps que tu insistes pour me soigner! À moins que la perspective de m'avoir à l'hôpital vingt-quatre heures sur vingt-quatre ne te fasse hésiter?

— Trêve de gentillesses, Estelle, coupe Louis, je ne vais pas t'emmener de force. Les enfants m'avaient dit que tu étais en crise...

— Un coup d'œil dans la salle de toilette t'en convaincra, j'en suis sûre. Allez, emmène-moi avec toi dans ton hôpital...

Elle se laisse faire lorsque son mari l'aide à enfiler un manteau, mais Louis, qui souhaite depuis si longtemps reprendre le dialogue avec sa femme, se demande tout à coup s'il ne court pas après des chimères. Cette femme qui accepte de lui parler, ce soir, ce n'est plus l'Estelle qu'il a aimée, mais une étrangère au cynisme inquiétant... «Pourvu qu'il ne soit pas trop tard!» prie-t-il. Alors, ravalant sa détresse, il lui adresse un compliment et une invitation:

— Si tu veux bien me donner le bras, étoile de mon cœur, notre limousine nous attend.

Karine et Marc-André, qui arrivent à pied, ont la surprise de voir sortir de la maison un couple élégant donnant toutes les apparences de l'harmonie. Leurs pas s'ajustant spontanément, Estelle et Louis franchissent, bras dessus bras dessous, la longue allée en pavé uni. Les ambulanciers, qui étaient restés dehors, prêts à répondre à l'appel du docteur, sont pris au dépourvu par cette apparition inattendue.

— Tu ne vas pas me faire monter là-dedans, hein, Louis? glapit Estelle.

La vue de l'ambulance la révulse et elle se met à trembler. Son mari lui serre le bras et hoche affirmativement la tête.

— On n'a pas le choix, Estelle; viens, je monte avec toi.

Bouleversée, Karine vient poser un baiser sur la joue de sa mère.

— Tu vas voir, maman, tout va s'arranger...

Resté en retrait, Marc-André ressent encore une fois l'étrange impulsion de tendre la main à cet être souffrant. Mentalement, il lui adresse des ondes de solidarité. Tournant la tête, Estelle l'effleure du regard et, bizarrement, elle marque le coup. Alors, docilement, elle laisse son mari l'installer dans l'ambulance.

11

Le chat sort du sac

— J'apprécie que tu sois resté avec moi, dit Karine à Marc-André le lendemain matin, en route vers l'école. Je ne sais pas ce que j'aurais fait toute seule.

Étrange, cette première nuit qu'ils passaient ensemble. «La dernière aussi, sans doute, songe Karine avec amertume. Bien différente de ce que j'avais imaginé, en tout cas.» Après le départ de ses parents, elle s'est promenée dans la maison comme une âme en peine pendant que Marc-André rangeait la cuisine. Ensuite, ils se sont assis l'un près de l'autre sur la causeuse du salon et ils ont parlé: parlé d'eux, mais aussi de l'amour, de la vie et de la mort, de leurs angoisses face à l'avenir, de la maladie en général et de la maladie mentale en particulier. Tard dans la nuit, Marc-André a enfin trouvé les mots pour expliquer à Karine comment ses sentiments ont évolué pour devenir davantage de la tendresse que de l'amour.

— Je t'aime, lui a-t-il murmuré, et je t'aimerai toujours, mais comme un bon copain... est-ce que tu comprends?

Et puis, un peu plus tard:

— Tu ne perds pas un chum, tu gagnes un ami. On est trop jeunes pour que ça dure...

Les paroles d'Isolde lui sont montées aux lèvres, et il lui a été reconnaissant de les lui avoir dites, elles arrivaient à point.

— Reste que j'ai l'impression de perdre quelque chose de précieux en cessant de sortir avec toi.

Longuement, ils ont pleuré ensemble leur amour perdu, puis ils ont sommeillé, appuyés l'un contre l'autre, jusqu'à ce que le soleil matinal inonde la baie vitrée du salon. Ils ont alors pris une douche et déjeuné en jasant de choses et d'autres, amicalement.

Mais en cheminant à ses côtés, Marc-André se demande comment Karine se sent vraiment. Et surtout, comment elle réagira lorsqu'elle apprendra qu'il en aime une autre.

— Salut, Marc-André! Tu as l'air d'avoir dormi sur la corde à linge, dis donc! C'est ta promenade à vélo d'hier qui t'a fatigué comme ça? Rébecca m'a raconté comment vous aviez dû vous battre contre les patineurs...

C'est Violaine qui vient de s'arrêter à la table de la cafétéria où Karine et Marc-André sont en train de dîner. Fourchette à la main, Karine se fige tout net et essaie de trouver un sens à l'information qui vient de s'enregistrer inopinément dans son cerveau.

Rouge comme une tomate, Marc-André peste intérieurement contre cette intrusion on ne peut plus mal à propos. Des présentations s'imposent:

— Karine Pontchartrain, Violaine Galdès, et vice-versa, badine-t-il pour camoufler son embarras. Violaine est la fille de mon patron. Et Karine est...

— ... ton ex-blonde, complète Karine, sèchement, n'aie pas peur, dis-le! Bonjour Violaine, enchantée de te connaître et tu peux dire à Rébecca que la voie est libre.

Sur ces paroles, elle se lève, dépose son plateau sur le chariot et quitte la cafétéria en courant tandis que Violaine poursuit son chemin sans insister. Poussant un soupir, Marc-André se décide à suivre Karine. Il la rattrape sur le terrain de l'école qu'elle arpente nerveusement de long en large.

— Et alors? fait-elle comme il se met à marcher près d'elle.

Ce n'est pas une question, c'est une sommation en règle. Coincé, Marc-André se met à bredouiller:

— Laisse-moi t'expliquer... Euh, eh bien, au *Gîte du Gitan,* il y a Violaine, que tu as rencontrée, et sa sœur Rébecca. Et hier... euh, hier après-midi... euh... en tout cas, tout ça pour dire qu'on est allés se promener à bicyclette.

— Rébecca et toi, tout seuls?

— Oui.

— C'était donc ça, ton fameux besoin de réfléchir! Je me disais aussi...

Un silence insupportable. Puis, presque tout bas:

— Cette Rébecca, c'est quoi pour toi?

Marc-André ne répond pas tout de suite, assommé par la portée de la question. En effet, que représente Rébecca pour lui? Un flirt ou un feu de paille, selon Fred. Un béguin, d'après Rébecca. Mais pour lui, Marc-André Courchesne, que représente au juste cette fille qui lui donne envie de chambouler sa vie pour la suivre au bout du monde?

— Pour te dire franchement, Karine, je ne le sais pas. Je... je suis attiré par elle, ça c'est sûr...

Karine cligne violemment des yeux pour retenir ses larmes. Il y a déjà eu trop de braillage! Pour lutter contre son désarroi, elle presse le pas.

— ... mais je ne la connais pas encore beaucoup. Et pour la connaître, il n'y a pas trente-six façons, il faut qu'on se voie, qu'on se parle...

— Et tu travailles avec elle toutes les fins de semaine!

— Bien... oui, c'est un fait.

Il n'a jamais eu aussi chaud, la sueur suinte par tous les pores de sa peau et il sent qu'il en a pour un bout de temps à demeurer sur la sellette.

— Tu aurais dû me le dire toi-même, lui reproche-t-elle âprement, je ne l'aurais pas appris aussi bêtement. Je me sens... trahie, bafouée. Tant que tu me faisais tes boniments sur la tendresse et blablabla...

— Ce n'était pas du blabla... J'étais sincère...

— Je reprends donc: tant que tu me débitais tes boniments *sincères* sur la tendresse et l'amitié et le fait qu'on est trop jeunes et tout et tout, je conservais dans un coin de mon cœur l'espoir que notre amour renaisse un jour. Après tout, on s'entend bien, on peut discuter de n'importe quoi, on s'entraide dans les coups durs... On n'avait pas eu de brisure dans notre relation, seulement un attiédissement de ta part dont tu semblais souffrir...

— Tu ne vas pas douter de ça, quand même?

— ... mais là, ce n'est plus du tout la même histoire. *Tu voulais te débarrasser de moi pour avoir le champ libre. Point final.* Ayoye! C'est comme si tu m'arrachais le cœur... Peux-tu t'imaginer à quel point ça fait mal? Tu es non seulement cruel, Marc-André, tu es... infâme!

Elle s'arrête pour ravaler ses sanglots. Marc-André est vraiment dans l'eau chaude et, plutôt que de faire un faux pas, il se tait. Et puis, tout à coup, elle lui lance une autre question, qui le rachève:

— Cette fille-là, dis-moi donc, est-ce que tu la connaissais *avant* de décrocher cet emploi à l'hôtel? Oui ou non?

Son hésitation le trahit. Brusquement, elle ne peut plus supporter sa présence et elle s'élance au pas de course, humiliée au plus profond d'elle-même. Son imagination se déchaîne et elle reconstitue le scène-à-scène de l'histoire entre Marc-André et Rébecca, et la douleur s'amplifie en elle de seconde en seconde. Une douleur à l'état pur, totale et dévastatrice, à laquelle vient s'ajouter une colère désespérée.

— Ce qu'on fait pour les gars, nous autres, les filles! marmonne-t-elle en trépignant de dépit.

À l'insu de Marc-André, elle a commencé à prendre la pilule pendant l'été, au cas où ils en viendraient peut-être à une intimité plus grande.

Songeur, le jeune homme la suit des yeux, oscillant entre le soulagement et la tristesse.

○

— Réveille, bonhomme! Je veux savoir ce qui t'arrive avant que le cours commence. Tu m'as sérieusement lâché en fin de semaine.

Marc-André relève la tête de son pupitre où il dormait profondément! Il n'arrive pas à garder les yeux ouverts cet après-midi. Il se secoue et esquisse un bref compte rendu de l'actualité à l'intention de Fred. Celui-ci pousse un sifflement admiratif:

— Tu n'y vas pas de main morte, dis donc! Tu passes la nuit avec une fille et le lendemain midi, elle apprend par hasard que tu as une autre blonde! Fiou! J'espère qu'elle ne t'a pas manqué!

— Tourne donc le fer dans la plaie! C'est pour ça qu'on a des chums!

— Tu me considères encore comme un chum? Un gars qui a deux jobs puis deux blondes n'a plus grand temps pour avoir des chums!

— Bon, bon, j'admets que je t'ai négligé depuis quelques jours.

— Mais, si ça t'intéresse, je vais quand même te dire ce qui m'arrive!

L'œil allumé de son copain intrigue Marc-André mais la prof arrive et Fred file à sa place. Aujourd'hui Danie Varin a apporté un diaporama.

— Si vous êtes prêts à suivre mon rythme, on va s'arranger pour passer toute la matière en une heure, annonce-t-elle, et il me restera quinze minutes pour vous montrer les diapos de mon voyage.

Trop de pensées bouillonnent dans la tête de Marc-André pour qu'il puisse suivre le cours.

«Qu'est-ce que j'aurais pu faire d'autre? Moi aussi, j'espérais que notre amour renaisse, jusqu'à ce que je rencontre Rébecca.» Mais plus il ressasse cette histoire, plus il se sent mal. Pour se changer les idées, il essaie de deviner ce qui rend Fred aussi joyeux. Lorgnant vers son copain, il a un choc: celui-ci prend des notes!? Il gribouille en quatrième vitesse tout ce que débite la prof. «Jamais je ne l'ai vu aussi animé pendant un cours», constate Marc-André en bâillant. Puis l'image de Karine s'impose à nouveau, et le cycle recommence. «Si seulement Violaine avait pu se la fermer!» Et puis tout à coup cette pensée intolérable: «Et si elle avait mal interprété les paroles de Karine! Et si elle allait les répéter tout de travers à sa sœur! Je vais être bien avancé si Rébecca ne veut plus rien savoir de moi! *Merde!* Il va falloir que je clarifie tout ça!» Et la terreur qui s'empare de Marc-André oblitère tout le reste jusqu'au son de la cloche.

— Tu ne sais pas quoi? lui demande Fred en quittant la classe. Danie va m'emmener à un centre d'études médiévales samedi.

— Où ça, tu dis?

— À une bibliothèque de l'Université de Montréal qui contient toutes sortes de documents et de reproductions d'artefacts du Moyen Âge...

— *D'artéquoi?* Coudonc, toi, en quelle langue tu parles, aujourd'hui?

Les propos de Fred sonnent comme du charabia à ses oreilles.

— Je t'expliquerai une autre fois, mais laisse-moi continuer: j'ai jasé pas mal avec Danie à la cafétéria, l'autre midi. Elle m'a prêté quelques livres. Des trucs sur le Moyen Âge, autrement plus intéressants que ceux qu'on dévorait dans le temps des Paladins. Et au dernier test de français, je t'ai pété un score du tonnerre! 81%! Je n'en suis pas encore revenu!

— Wow! fait Marc-André. Moi qui me pensais bon avec mon 75%!

— Mais tu ne sais toujours pas le meilleur: paraîtrait que je peux faire une demande de bourse pour un stage en France l'été prochain! Y a un espèce de riche excentrique qui fait venir dans son château des mordus du Moyen Âge comme lui. Il donne des cours le matin, puis, le reste de la journée, il organise des excursions dans des lieux célèbres, il nous fait visiter des grottes, escalader des montagnes, toutes sortes d'affaires. Le kit complet, quoi! Ça prend des bonnes notes en français et y a une masse de paperasse à remplir, mais Danie va m'aider. Elle y va comme prof chaque été depuis cinq ans. Ce stage-là, bonhomme, il me tente en maudit! La vie de château, c'est pour moi, je le sais. En plus, tiens-toi bien, bonhomme: *c'est mixte!* Y aura des gars *et* des filles – si tu vois ce que je veux dire!

— Ça va te donner l'occasion de peaufiner ta fameuse approche subtile. Si tu obtiens la bourse, j'aurai d'ailleurs quelques conseils à te donner.

— Wôlà! Si ma mémoire est bonne, elle ne t'a pas trop mal servi, l'autre soir, mon approche subtile! Attention, bonhomme! Faudrait pas que tes succès auprès des filles te montent à la tête!

— Écoute, Fred, je serais bien content pour toi si ça marchait, mais là, faut que je me sauve!

— C'est pourtant vrai, c'est mardi! Je me suis cru lundi toute la journée, moi. Eh bien, vas-y faire la nounou, je ne te retiens pas!

12

Au fil de l'automne

Dorénavant, Karine s'arrange pour ne plus croiser Marc-André à l'école. Elle a changé de casier, se place à l'autre bout de la classe pendant les cours de maths, détourne les yeux s'il la regarde...

Les deux compères assistent avec assiduité aux meetings des NA, font leurs devoirs ensemble, s'épaulent. Grâce à son projet de séjour en France, Fred a obtenu un sursis sur la question de la famille d'accueil. Danie Varin a confirmé qu'elle parrainait sa demande de bourse et qu'elle ferait partie du voyage, ce qui a grandement facilité les choses. Le psychologue de la villa a enfin convaincu le père de Fred de le rencontrer, et il semble qu'une reprise éventuelle de la vie commune ne soit pas totalement impensable. Fred poursuit ses progrès en français, ce qui améliore sa moyenne générale, ainsi que ses chances de décrocher la bourse.

À la fin d'octobre, Christian a remis les assurances sur la Camaro; Isolde et Marc-André ont suivi un cours de conduite automobile et passé leur permis. Christian prend maintenant la voiture pour aller travailler.

Les fins de semaine ramènent Marc-André au *Gîte du Gitan,* où il lui arrive maintenant de remplacer les garçons de table. En dehors des heures de travail, il a revu Rébecca à quelques reprises. Il a pris la voiture une fois et ils sont allés sur le Mont-Royal. Entre eux, la chimie est toujours bien présente. Si Violaine a rapporté à sa sœur les propos de Karine, rien n'en a transpiré dans leurs rapports.

Histoire de mesurer la réaction de Christian et d'Isolde, Marc-André a commencé à leur parler de son projet. Ils ne disent pas grand-chose, mais le jeune homme a l'impression qu'ils ne le prennent pas au sérieux.

— Vous allez pouvoir rester entre vous, fait valoir Marc-André; vie de couple, petite famille. Avouez qu'il y aurait des avantages!

En ce mois de novembre un peu frisquet, le bébé manifeste sa présence par des mouvements de plus en plus sentis. Les préparatifs pour sa venue vont d'ailleurs bon train. Et depuis le *shower* de la semaine dernière – auquel Karine a refusé d'aller –, les tiroirs de la commode sont garnis. Isolde ne travaille plus que deux jours par semaine et consacre beaucoup de temps à la couture, complétant elle-même la layette.

Ce soir-là, Christian rentre au logement en criant comme un fou:

— On vient de signer un gros, que dis-je, un *énorme* contrat avec un fabricant de moteurs des Pays-Bas et j'ai été affecté au projet. Un vrai projet, là – pas du p'tit niaisage de routine! C'est un dossier que Luc fricotait depuis des mois. Avec ça, on va vraiment prendre notre essor. Et le meilleur, c'est que j'ai eu une promotion *et* une augmentation de salaire.

— Bravo mon amour! s'écrie Isolde qui lui saute au cou.

— Félicitations! dit Marc-André en le bourrant de coups.

— On me confie la charge du simulateur. On va être une grosse équipe, c'est très excitant. Sauf qu'il va falloir se cracher dans les mains et livrer la marchandise. Je vais passer pas mal de temps au bureau dans les prochains mois. Les nuits et les fins de semaine parfois. Mais je n'ai pas le choix.

— Quand c'est intéressant, le temps passe plus vite, remarque Isolde.

— Les longues heures ne me font pas peur. C'est d'être loin de toi qui va être le plus dur. Mais si ça peut nous mettre à l'abri du besoin...

Isolde vient s'asseoir sur les genoux de Christian.

— Travaille le nombre d'heures qu'il faut, mon amour, murmure-t-elle en lui passant les bras autour du cou. Je ne suis pas inquiète: quand on sera ensemble on trouvera bien moyen de compenser toutes tes absences.

— Oh, oh! J'ai compris! glousse Marc-André. Justement, je dois me rendre au meeting plus tôt: c'est Fred qui partage, ce soir. Le temps de me préparer un sandwich et je file. Je promènerai les chiens en revenant. Allez, salut, les amoureux! Fêtez bien, là!

○

Marc-André déambule dans le faubourg glacial qui attend encore la première neige de la saison. La joie de son frère le rend un peu morose, bien qu'il soit content de la tournure des événements. Christian a mis tellement d'ardeur à l'ouvrage depuis qu'il est employé chez Dienst Électronique, combattant le découragement dans les temps difficiles, et voilà qu'aujourd'hui il récolte les fruits de son acharnement.

Ses pas l'ont conduit aux abords de la rue Providence, et le visage de Karine lui vient en tête. Visage fermé depuis leur rupture. Il se rend compte avec un pincement qu'il s'ennuie d'elle. De leurs conversations, de leurs discussions, de leurs prises de bec même... Un air joue dans sa tête, celui qu'il a baptisé *l'air de Karine* tant il lui fait penser à elle. *Johnny B. Goode.* Sa chanson fétiche, qui a marqué leur première rencontre. La présence de Karine lui manque dans ses activités quotidiennes, son regard bleu, son sourire amical, sa générosité. Se sent-elle toujours aussi triste? Comment va sa mère? Quelles sortes de relations a-t-elle aujourd'hui avec ses parents? Il regrette de ne pouvoir la soutenir dans cette crise.

Pour exorciser sa mélancolie, il songe à Rébecca. Ça fonctionne à tout coup: la simple évocation de leurs étreintes provoque une décharge émotive qui prend le dessus sur tout le reste. Il ferme les yeux pour mieux sentir le désir monter en lui. Les moments qu'ils passent à se caresser lui procurent un tel plaisir!

Et pourtant, ce ne sont que des plages isolées, déconnectées de leur vie quotidienne. Rien ne transpire de leurs ébats amoureux dans leur service à la salle à manger. Ils ne vont pas au cinéma ensemble, n'écoutent pas de musique ni de télé, n'ont pas les mêmes centres d'intérêt. Rébecca reste muette sur ses occupations personnelles. Lui, parfois, il lui raconte des anecdotes de l'école, les frasques de Fred, il lui parle de la grossesse d'Isolde, avec l'impression que rien de tout cela ne l'intéresse beaucoup. Par contre, à force de questionner, il en est venu à connaître pas mal l'histoire des Galdès. Mais Rébecca elle-même demeure un mystère.

Une inquiétude lui vient parfois: aurait-elle un autre amoureux? Ils ne se sont jamais fait de déclarations. Elle prend un plaisir manifeste à leurs ébats, mais sa détermination à rester libre demeure prédominante.

Un souvenir lui revient. C'était vers la fin d'octobre, par une journée encore assez douce, et ils revenaient du *Volubile,* où ils étaient allés feuilleter des guides de voyage.

— Comment entrevois-tu ton avenir après le tour du monde? lui avait-il demandé. Toi qui as réfléchi à tant de choses, tu dois bien avoir ta petite idée là-dessus?

— De grandes idées, même! J'attends énormément de la vie. Je veux y mordre à belles dents. Mais il n'est pas question de rétrécir mes horizons en allant dans une direction trop précise. Je veux pouvoir absorber en toute ouverture d'esprit les influences de mes séjours dans diverses cultures.

— Mais, éventuellement, est-ce que tu as envie de faire une carrière? De vivre en couple? D'avoir des enfants?

— J'admire beaucoup mes parents. Ils s'aiment et ils ont créé une vie de famille extraordinaire.

Malgré tout, je vois leurs failles et je vais essayer de faire mieux. Oui, j'aspire à rencontrer l'âme sœur et à fonder une famille. Sauf que je vois ça pour plus tard. Je me donne quelques années pour accumuler de l'expérience, pour me former, pour établir mes priorités. Après, je prendrai racine quelque part et je me concentrerai sérieusement sur un projet précis. Je vais peut-être retourner à l'école. Aller à l'université, qui sait? Je n'exclus rien. Mais, pour le moment, la perspective de partir occupe toutes mes pensées.

Encore cette étincelle dans ses yeux! Marc-André en avait été presque jaloux. Ce jour-là, il avait bien failli lui avouer son amour. Il aurait tant voulu savoir quels sentiments elle éprouvait à son égard. Mais de peur qu'elle ne se moque de lui il s'était contenté de l'attirer dans un coin sombre, où il l'avait embrassée intensément, tentant d'imprégner ses baisers des mots qui lui brûlaient les lèvres.

Secouant la tête, le jeune homme frappe une roche d'un coup de pied.

— S'ils peuvent donc se décider à me répondre! peste-t-il. Merde! Ça fait plus d'un mois que je leur ai écrit!

Il se réfugie dans un abribus pour manger son sandwich, puis il se dirige vers l'église St-Rock où il doit rencontrer Fred à 19 heures.

13

Passeport pour l'Australie

Le premier dimanche de décembre, la neige se décide à tomber. Du coup, le temps s'adoucit, les décorations de Noël sortent des placards, l'esprit des fêtes commence à souffler sur le faubourg et le magasinage bat son plein. À la salle à manger de l'hôtel, dont un grand sapin illuminé occupe le centre, les repas se prennent dans la bonne humeur et les pourboires deviennent plus généreux.

Le vendredi suivant, en rentrant de l'école, Marc-André aperçoit une enveloppe adressée à son nom sur le guéridon. L'écriture de sa mère... un timbre d'Australie... aucun doute possible, c'est la réponse qu'il attendait!

— Pas trop tôt! marmonne-t-il en dépliant la lettre.

Sydney, le 20 novembre

Cher Marc-André,

Ton projet de voyage nous a pris par surprise, ton père et moi. Nous y avons longuement réfléchi et, tout bien considéré, nous serions heureux de t'avoir ici. Ne compte pas sur nous, cependant, pour payer ton passage: les choses ne vont pas aussi bien que prévu et nous n'avons pas encore fait assez d'économies. Mais si tu en as les moyens, pas de problème: l'appartement est assez grand. Quant à cette jeune fille dont tu nous parles, nous aimerions tout de même avoir plus de renseignements sur elle avant d'accepter qu'elle s'installe chez nous, ne serait-ce que pour quelques semaines.

Pour le transfert scolaire, ça peut s'arranger. Il y a de bonnes écoles ici et le fait d'étudier à l'étranger sera certainement un atout pour toi. Apporte ton dossier complet du secondaire. Obtiens aussi une lettre de référence du directeur de La Passerelle – et arrange-toi pour qu'elle soit élogieuse. Nous nous occupons de ton inscription, mais tu dois te présenter pour la rentrée du 3 février.

Si j'ai bien compris, tu prévois quitter Montréal début janvier et arriver en Australie après plusieurs étapes. Quand il sera tracé, transmets-nous ton itinéraire pour que nous te suivions par la pensée.

Bon, je m'arrête ici, en espérant recevoir d'autres nouvelles bientôt.

Ta mère qui t'embrasse

— Enfin quelqu'un qui prend mon projet au sérieux! lance Marc-André en jubilant.

Il saisit le téléphone pour annoncer la nouvelle à Rébecca, mais il se ravise avant d'avoir composé le numéro: elle a congé aujourd'hui et ne rentrera que plus tard. En reposant le combiné, il prend conscience d'un silence inhabituel dans le logement. Pourtant, Isolde ne travaille pas aujourd'hui. C'est alors qu'il entre dans la cuisine et aperçoit une note sur le frigo.

Marc-André,

Je ne me sens pas bien et je m'en vais à l'hôpital St-Rock. Je ne sais pas quand je rentrerai. Christian travaille jusqu'à 10 heures ce soir. S'il téléphone, préviens-le s'il te plaît et dis-lui de venir me rejoindre au plus tôt.

Isolde

Les chiens jappent dans le jardin et Marc-André les fait rentrer. Saisi d'un pressentiment, il prend son blouson, sort de la maison et file à l'hôpital.

○

Louis Pontchartrain se dirige hâtivement vers l'ascenseur lorsqu'une voix essoufflée l'interpelle:

— Docteur Pontchartrain!

L'air soucieux, l'homme reconnaît Marc-André et fronce les sourcils.

— Euh, docteur, on m'a dit que je vous trouverais ici, je voudrais... des nouvelles d'Isolde.

Entraînant le jeune homme à l'écart, Louis Pontchartrain le renseigne:

— Ta belle-sœur a une grossesse pathologique, Marc-André. Depuis le début qu'elle a des problèmes. En particulier, sa tension est anormalement élevée. J'ai commandé des analyses, et on avisera selon les résultats. Il est possible que je la garde à l'hôpital jusqu'à l'accouchement. À propos, quand tu verras ton frère, dis-lui que je veux lui parler. Pour ce qui est d'Isolde, elle est au cinquième, à la chambre 5224. Vas-y; je vous rejoindrai un peu plus tard. Et essaie de la calmer, elle panique et ça ne l'aide guère.

Peu rassuré lui-même, Marc-André emprunte l'escalier et monte en courant. Entre le quatrième et le cinquième, il croise un groupe d'infirmières qui descendent en discutant. Derrière elles, il aperçoit Karine et son cœur bondit. Les traits altérés de son ex-copine ne lui disent rien qui vaille et il l'aborde prudemment.

— Salut, dit-il, redoutant sa réaction.

Elle ne peut reculer, cette fois. Elle paraît décontenancée; alors, pour lui donner le temps de se reprendre, Marc-André lui explique en deux mots pourquoi il est à l'hôpital.

— Et toi, ta mère, comment elle va? s'informe-t-il ensuite.

Elle hésite une fraction de seconde, puis se décide. Elle a trop besoin de parler aujourd'hui pour refuser une conversation, si douloureuse soit-elle. Elle se laisse tomber sur une marche et pousse un profond soupir:

— Ça va être long, paraît-il. La crise dont on a été témoins, toi et moi, l'a fait franchir une sorte de cap, presque un point de non-retour. C'est difficile d'en revenir, paraît-il. J'ai peur, Marc-André.

— Que dit ton père?

— Il est très inquiet. Selon lui, ma mère vit au conditionnel. Elle n'a jamais actualisé son grand rêve de gloire, elle a passé plus de vingt ans à refouler ses regrets et un beau jour, ils sont remontés à la surface! Elle voit bien qu'elle a manqué le bateau et que c'est maintenant trop tard. Alors elle projette sa frustration où elle peut. Elle essaie frénétiquement d'oublier toutes les années pendant lesquelles elle aurait pu prendre des cours de chant, trouver un impresario ou même se lancer dans une autre carrière. Alors que là, elle n'est rien par elle-même. Elle est ma mère. Ou la femme du docteur. Mais, elle, Estelle Larouche, qui est-elle? Alors, il faut l'amener à s'accepter telle qu'elle est et à reprendre sa vie en main positivement, en regardant vers l'avenir.

Marc-André comprend à quel point Karine avait besoin de se confier.

— Ça doit être dur à vivre, dit-il avec sympathie. Est-ce que tu arrives à tenir bon? Malgré... euh, tout le reste?

Karine hausse les épaules. L'expression anxieuse de Marc-André la touche et l'agace en même temps. Que répondre? Elle survit. Elle essaie de ne pas penser à lui. Elle a du mal chaque matin à ouvrir les yeux. Elle se lève sans entrain, n'a plus d'appétit, se rend à l'école comme une automate, puis à l'hôpital. Chaque minute passée en compagnie de sa mère est un supplice. Parfois elle ne peut rester que quelques minutes. D'autres fois, elle tient le coup un peu plus longtemps. Lorsqu'elle quitte la chambre, elle doit marcher longuement, courir presque, pour faire tomber la tension. Puis elle va prendre une bouchée à *L'Arc-en-ciel* et rentre chez elle. Seule. Son père ne vient pas souvent à la maison. Parfois il l'invite à souper à la cafétéria du personnel, à l'hôpital, et ils causent – d'Estelle surtout, mais aussi d'autres sujets. Sauf que Karine ne lui a pas parlé de sa rupture avec Marc-André. S'en est-il seulement aperçu?

Elle passe beaucoup de temps avec son amie Véronique. Samedi soir dernier, justement, celle-ci lui a présenté son cousin du Saguenay, un beau grand gars à l'allure sportive qui étudie au cégep Maisonneuve. Il les a émues en racontant les horreurs qu'il a vécues lors du déluge du mois de juillet, quand sa maison et tous ses souvenirs ont été emportés inexorablement dans les flots de la baie des Ha! Ha! Un jeune homme très sympathique que Karine aurait pu apprécier, n'eût été sa blessure encore trop fraîche, mais elle a passé la soirée à combattre les larmes.

Dans son silence ennuyé, Marc-André devine une partie de ce que vit son ex-blonde et il se sent aussi désolé qu'impuissant.

— Tu sais, Karine, je n'ai pas changé d'idée: je veux rester ton ami même si on ne sort plus ensemble...

Elle secoue la tête: non, ce serait trop dur. Marc-André voudrait lui prendre la main mais n'ose pas. Alors, après une demi-minute, il la salue et s'apprête à prendre congé. Mais elle le rappelle:

— Marc-André? Je ne sais pas trop pourquoi, mais ma mère demande parfois de tes nouvelles. Je voulais que tu le saches, c'est tout...

Surpris, il fait un vague signe de tête avant de poursuivre son chemin.

Tout en longeant le couloir du cinquième, il revoit le visage épuisé de son ex-copine. Par association d'idées, il se demande s'il connaîtra jamais Rébecca aussi bien que Karine. «Ça viendrait sûrement si on voyageait ensemble, raisonne-t-il. Hé, faut que je lui dise la bonne nouvelle. Elle devrait être rentrée à l'heure qu'il est.»

Il trouve enfin la chambre 5224 et s'arrête pour reprendre contenance. «Si Isolde me voit dans cet état-là, elle va paniquer encore plus!» se dit-il. Il se décide enfin, et se glisse dans la grande pièce munie de quatre lits, tous occupés. Dans les deux premiers, des inconnues reposent. Ce n'est qu'en s'avançant près des fenêtres que le jeune homme reconnaît sa belle-sœur, à droite. Soutenue par ses oreillers, elle est rouge et son visage est boursouflé. Elle se redresse vivement en l'apercevant.

— Où est Christian? s'écrie-t-elle, agressive.

Puis elle éclate en gros sanglots nerveux. Marc-André s'approche et serre dans ses mains celles de la jeune femme.

— Isolde, pense à ta petite *niña*, murmure-t-il. Tu veux qu'elle reçoive les meilleures vibrations – tu me l'as dit – et qu'elle commence sa vie avec toutes les chances de son côté? Pas vrai?

La future maman se calme. Elle caresse doucement son ventre, en s'efforçant de se reprendre en main.

— Excuse-moi, Marc-André, dit-elle en hoquetant. C'est... fini. Mais il faut que je voie Christian. Rejoins-le et dis-lui de venir tout de suite. J'ai tellement peur.

Un dernier sanglot l'étrangle et elle baisse les paupières, épuisée. L'adolescent quitte la chambre et part à la recherche d'un téléphone.

— Là-bas, en tournant le coin, lui indique l'infirmière du poste.

Marc-André s'élance en courant. Ah, voilà l'appareil! Il introduit une pièce et compose le numéro.

— Dienst Électronique, Luc Grenier à l'appareil...

— Oui allô? Je voudrais parler à Christian Courchesne, s'il vous plaît.

— Je regrette, il est en train de monter le site et la connexion téléphonique ne sera installée que lundi.

— Je suis son frère et je voudrais savoir s'il en a pour longtemps sur le site.

— Je ne saurais vous dire. Il y a un problème?

Marc-André décrit brièvement l'état de santé d'Isolde.

— Je vais le prévenir immédiatement, promet Luc Grenier.

«Pourvu qu'il tienne parole», marmonne Marc-André, en raccrochant. Avant de retourner auprès d'Isolde, il appelle au *Gîte*.

— Allô? Ça va bien, monsieur Galdès? J'aimerais parler à Rébecca, s'il vous plaît. Merci. Hé, Rébecca, c'est officiel, je m'en vais en Australie. Mes parents sont d'accord. Et ma proposition de l'autre fois tient toujours...

Mutisme à l'autre bout du fil. «Au moins elle ne refuse pas carrément!» conclut Marc-André, qui sent son espoir se raviver.

— On serait plus à l'aise pour discuter face à face, dit-elle enfin.

— T'as qu'à dire où et quand.

— Demain après-midi. On se trouvera un coin tranquille.

— Tope là. Pour le moment, je suis à l'hôpital. Isolde n'est pas bien et Christian est au travail, enfin, je t'expliquerai. Alors, à demain.

Les rideaux sont tirés autour du lit d'Isolde lorsqu'il revient dans la chambre. Il reconnaît la voix du Dr Pontchartrain:

— Madame Isolde, je vous garde à l'hôpital, le temps de vous remettre sur pied. Il faut absolument faire baisser votre tension. Nous allons vous faire passer des tests...

— Des tests? glapit-elle, hystérique. Quels tests? Je ne veux pas de vos tests ni de vos analyses! Et surtout, pas de radios! Il n'est pas question que vous fassiez quoi que ce soit qui mette la santé de mon bébé en danger!

Elle gémit d'angoisse. Le médecin n'insiste pas. Lorsqu'elle sera plus calme, il lui fera comprendre la nécessité d'identifier plus clairement les symptômes qu'elle présente. Il espère seulement que son diagnostic clinique ne sera pas confirmé par les analyses du laboratoire.

14

Les règles du jeu

Au grand soulagement d'Isolde, Christian arrive à l'hôpital à 21 heures et Marc-André, libéré, court jusque chez lui. Les chiens réclament leur promenade et il les emmène se dégourdir les pattes au parc en rédigeant mentalement la lettre qu'il écrira à ses parents pour leur présenter Rébecca sous son meilleur jour. Son cœur bat follement quand il évoque son rendez-vous du lendemain avec sa belle gitane. Car si, pendant les heures de travail, leurs rapports demeurent très impersonnels, chaque fois qu'ils se retrouvent seuls, le même élan les pousse l'un vers l'autre. «On se trouvera un coin tranquille», lui a-t-elle promis.

«Vivement demain!» se dit-il en revenant vers la maison.

○

— Isolde m'inquiète, confie Christian à son frère le samedi en entrant dans la cuisine. Sa tension monte dangereusement. Et sa panique aggrave ses symptômes. Ils ont dû lui donner un calmant autour de minuit pour qu'elle puisse s'endormir et ils m'ont conseillé de partir.

— Mais tu viens de rentrer!

— Je suis retourné au travail. Je n'avais pas fini d'installer le site.

— Bon, eh bien arrête de tourner en rond comme un maniaque et viens t'asseoir; le café est prêt et je t'ai réchauffé un muffin.

— O.K., O.K. Je vais essayer de manger même si je n'ai pas faim.

— Faut que je te dise, Christian. J'ai reçu une lettre de maman, hier.

Le visage de Christian se rembrunit et il ronchonne:

— Si tu penses améliorer mon humeur en me parlant des parents...

— Je veux juste que tu saches qu'ils sont d'accord avec mon projet. Je vais partir le mois prochain, Christian.

Celui-ci paraît abasourdi. Marc-André était donc sérieux quand il parlait d'aller finir ses études là-bas!

— Ils te payent le voyage?

— Penses-tu! Sauf que j'ai économisé depuis que je travaille à l'hôtel. Je gagne le salaire minimum mais je ne paye pas beaucoup d'impôts et j'ai des pourboires. J'ai assez d'argent, à condition de faire du pouce jusqu'en Californie. J'essaie de convaincre Rébecca de partir avec moi. C'est plus facile à deux.

— Vas-tu finir par me la présenter, cette fameuse Rébecca?

— Oui, oui, bientôt...

— Je ne veux pas être indiscret, mais est-ce que vous sortez ensemble?

— Elle me plaît beaucoup, mais je ne suis pas sûr de ses sentiments envers moi. Chose certaine, on s'entend super bien.

— En tout cas, je souhaite que le voyage s'organise à ton goût. Ça va me faire drôle que tu ne sois plus là. Euh, p'tit frère... quoi qu'il arrive, fais attention, hein? Prends tes précautions... à tous points de vue...

Rougissant, Marc-André se retient pour ne pas rétorquer: «Ce n'est pas de tes affaires». En fait, la sollicitude de son frère le touche. Il juge cependant bon de changer de sujet.

— Le doc Pontchartrain veut te parler. L'as-tu vu, hier soir?

— Entrevu seulement, mais je dois passer à son bureau tout à l'heure. Le reste du temps, je serai avec Isolde. J'ai avisé mes collègues que je ne travaillerais pas aujourd'hui. J'irai la nuit prochaine.

— Ç'a l'air intéressant, ce site que tu installes!

— Tu peux le dire. Tu devrais voir le simulateur qu'on est en train de monter! Si ça t'intéresse, je te ferai visiter.

— Mets-en que ça m'intéresse! Je vais te prendre au mot là-dessus.

○

— Bon après-midi, Madame Chérie, dit Marc-André à 14 heures 30, en quittant la cuisine de l'hôtel.

— À tout à l'heure, Marc-André, et prends des forces: on va avoir une soirée occupée. Toutes les tables sont réservées.

Rébecca l'attend à la réception. Doigt sur la bouche, elle lui fait signe de le suivre. Ils empruntent l'escalier jusqu'au troisième et filent au bout du couloir. Avec un passe-partout, la jeune fille ouvre une porte et ils pénètrent dans une chambre minuscule dont un lit occupe tout l'espace.

— On ne risque pas de se faire déranger ici, dit Rébecca en mettant le verrou de sécurité. Cette chambre est si petite qu'on la loue seulement en tout dernier lieu et il en reste encore une bonne dizaine pour ce soir.

— Vous en avez combien en tout?

— Trente. Douze au deuxième, douze au troisième, et six au rez-de-chaussée. Bon an mal an, on en loue une vingtaine par nuit. Les voyageurs de commerce et les camionneurs aiment bien s'arrêter chez nous, et le bouche à oreille fonctionne à merveille. L'été, c'est davantage encore...

Mais Marc-André ne l'écoute plus... Bouleversé par le fait qu'ils sont seuls dans une chambre, il n'a qu'une idée en tête. Ce doit être pareil pour Rébecca parce que sa voix se met à vaciller. Leurs regards se soudent, leurs mains se joignent...

— Embrasse-moi! supplie-t-elle.

Marc-André prend d'abord le temps de bien la regarder. Elle porte son pantalon d'uniforme, mais elle a défait ses cheveux et troqué sa blouse et son gilet en pointe pour un chemisier en soie mauve. Elle tend vers lui un visage rempli d'expectative. Son regard brille et il se demande comment l'interpréter. Ce baiser sera-t-il le baume pour mieux faire passer le refus qu'elle va lui signifier, ou doit-il lire l'acceptation dans l'éclat particulier de ses yeux de feu? Mais il ne peut en débattre longtemps puisqu'elle s'approche, lui passe les bras autour du cou et colle ses lèvres aux siennes. Alors son parfum l'envahit et tout bascule. Vapes de plaisir, vapes de désir, vagues de désir croissant, croissant à en devenir insupportable. Le jeune homme a l'impression qu'il va éclater, que son cœur va lui sortir de la poitrine. Il se dégage doucement et se met à déboutonner le chemisier mauve, alors qu'elle s'attaque à sa chemise. La vue de ses seins nus le fait tressaillir. La vue de sa poitrine velue la fait tressaillir. Leurs bouches s'effleurent et leurs mains vagabondent. Frémissant sous la caresse, il souffle:

— Et alors, est-ce que tu acceptes?

Sans cesser de taquiner ses lèvres, elle articule tout bas:

— Je veux bien partir avec toi, tel que tu me l'as proposé, pourvu que tu respectes mes conditions...

— Je serai sage, murmure Marc-André, au comble du bonheur. Ces caresses-là me rendent très heureux de toute façon. Mais là tout de suite, viens sur le lit qu'on s'embrasse à notre goût...

Le cœur affolé et la tête en feu, ils se rhabillent lentement, les yeux dans les yeux. Puis, assis en tailleur sur le lit, ils élaborent leur voyage.

— J'ai des points de chute à Toronto, à St-Boniface et à Saskatoon, dit Rébecca. Mon amie Lisa, de Toronto, a une cousine à Vancouver et un copain à Seattle, et je saurai bientôt s'ils peuvent nous accueillir. J'ai prévenu tout le monde qu'on voyageait à deux et il n'y a pas de problème. On dormira parfois sur des matelas posés par terre, mais on aura un toit. Pour les autres villes, je me suis renseignée. Tu m'as bien dit que tu allais aux meetings de *Narcotiques Anonymes*?

Marc-André se raidit, inquiet de ce qu'elle va dire.

— Il y a des groupes NA partout à travers le monde, enchaîne-t-elle. Tu peux toujours t'y présenter et te faire des copains. Alors il suffit de trouver les horaires de meetings des villes où on ne connaît personne, d'y assister et de trouver des gens pour nous héberger un soir ou deux.

— C'est vrai, confirme Marc-André. Y a un gars de l'Abitibi qui est venu à un meeting un soir et qui a demandé un abri pour la nuit. Quatre personnes se sont offertes. C'est une bonne idée que tu as là.

— Sinon, on se rabat sur les auberges de jeunesse.

— Oui, parce que dormir à la belle étoile, en hiver, ce n'est pas mon fort.

— Ni le mien. Il faut prévoir lampes de poche, gamelles, ustensiles.

— J'ai un canif, une gourde et quelques outils.

— Attention, on s'en tient au minimum si on fait de l'auto-stop.

— Et côté bouffe, il faut combien d'argent pour tout le voyage?

— On se fera peut-être offrir un repas de temps en temps mais on ne peut pas compter là-dessus. On ira à l'épicerie tous les trois jours et on achètera du pain, du fromage et des fruits. Deux repas de viande par semaine, au restaurant si nécessaire. Disons, 150$ chacun pour le mois, un peu plus si on veut visiter des sites intéressants. N'oublie pas ta carte d'étudiant, pour les rabais.

À la fin de l'après-midi, l'itinéraire est tracé. Il leur reste à réserver leur billet d'avion San Francisco/Sydney pour le 31 janvier.

— J'ai déjà contacté une agente de voyage, dit Rébecca. Elle va m'obtenir des prix sur différentes lignes aériennes.

— J'ai envoyé ma demande de passeport ce matin, il me reste à me renseigner sur les vaccins. Hé! je suis content que tu viennes avec moi!

— Au moins jusqu'en Australie. Je resterai chez tes parents le temps de me trouver un emploi. Mais j'ai l'intention de profiter de chaque congé pour visiter le reste du pays, ajoute-t-elle. Et de continuer ensuite...

Elle darde un regard indéfinissable sur son compagnon et son visage s'assombrit brusquement.

— Qu'est-ce qu'il y a donc? fait Marc-André, troublé.

— Il y a que je m'en veux de m'être laissée avoir de façon aussi idiote. Ce serait cent fois plus simple si je n'éprouvais pas pour toi...

Marc-André la scrute intensément, à l'affût de ses paroles. Elle s'est interrompue mais il doit savoir.

— Tu éprouves *quoi* au juste pour moi? insiste-t-il, la voix dure.

— Je ne sais pas, avoue Rébecca. Quelque chose de plus fort que moi. Quelque chose qui me fait désirer ta présence. Quelque chose qui me donne envie de tes baisers, de tes caresses. Quelque chose qui réveille en moi ce que je voulais garder endormi jusqu'à beaucoup plus tard. Sais-tu que pendant des jours je t'en ai voulu d'être une entrave à ma liberté? Moi qui étais restée libre jusque-là, je ne pouvais pas croire que je m'étais attachée à quelqu'un quelques semaines avant mon grand départ. Je ne sais pas si c'est ta personnalité, ou ta façon d'embrasser, ou le fait que tu m'as aidée le premier soir, ou ton physique solide, ta voix, tes yeux, ta brosse de velours sur la tête, ou tout ça mis ensemble... Toujours est-il que me voilà prise au piège. Je *veux* qu'on parte ensemble, rester en Australie quelques mois, jusqu'à ce que je trouve la force de me séparer de toi pour poursuivre mon voyage seule, tel que prévu depuis le début.

L'amertume qui couve sous les paroles pourtant flatteuses de Rébecca agace Marc-André au plus haut point. Il se lève et se plante devant elle.

— Écoute donc, toi, ce n'est quand même pas de ma faute si je me suis trouvé là, le jour de ton altercation avec ce camionneur! rétorque-t-il, sèchement. Et c'est par pur hasard que je t'ai revue *Chez Pop* le même soir. C'est bien dommage mais on n'y peut rien. C'est arrivé, un point c'est tout. D'un autre côté, rien ne t'obligeait à faire cette première promenade avec moi. Sauf que tu as accepté, et en toute connaissance de cause: je t'avais clairement fait sentir que tu m'attirais.

Il s'arrête, inspire profondément et jette avec aigreur:

— Mais, si tu le regrettes à ce point, si tu veux qu'on se sépare tout de suite et qu'on reparte chacun de son bord, je suis prêt à renoncer à toi! Tu n'as qu'à me le dire et... *bye-bye!* Je disparais à tout jamais de ta vie.

Marc-André joue gros jeu et il le sait. Debout devant elle, il affronte son regard sans sourciller. Il ne se laissera pas considérer comme un piège dans lequel elle serait tombée, ni comme un boulet à son pied. Si elle veut de lui à ses côtés, elle va devoir faire face au sentiment qu'elle éprouve, accepter de l'appeler par son nom et assumer l'engagement qui vient avec.

— Je n'ai pas tracé mon avenir d'une façon aussi précise que toi, reprend-il gravement, mais je sais une chose: en ce moment je t'aime et je suis prêt à faire beaucoup de compromis pour vivre ça. Je ne suis pas sûr de t'aimer toujours. Je suis encore trop jeune pour m'engager aussi totalement. Ce serait idiot et je le sais très bien. Par contre, j'ai déjà renoncé à... quelqu'un de très cher... pour pouvoir consacrer mes énergies à te conquérir, parce que je pense que tu en vaux la peine. Je veux tout savoir de toi, te comprendre à fond, connaître tes goûts et tes valeurs... Tu comptes énormément pour moi. Et si c'est réciproque, je m'attends à ce qu'on vive les quelques semaines qui nous séparent du départ en l'affichant ouvertement. Je veux faire des choses avec toi, te présenter mon frère et ma belle-sœur, t'amener à un meeting de NA... J'aimerais que tu me connaisses toi aussi... Et si les quelques mois où on va voyager ensemble démontrent qu'on fait une bonne équipe, je ne vois pas pourquoi on n'en profiterait pas au maximum. Sans engager le futur mais sans non plus mettre un X sur un avenir commun.

Plus que ses paroles blessées, c'est l'expression de Marc-André qui désarçonne Rébecca. Debout devant elle, à plaider sa cause avec ses tripes, sans faux-fuyants, les yeux sombres et la voix chargée d'émotion, il paraît soudain avoir beaucoup plus de maturité qu'elle. Ce qu'il dit est vrai. Ce piège, elle l'avait pressenti et elle s'y est jetée librement. Elle aurait pu faire demi-tour après les premières rencontres. Elle aurait pu refuser le deuxième, puis le troisième tête-à-tête. Elle comprenait parfaitement l'intention de Marc-André, et elle a quand même persisté. C'est à elle seule qu'elle doit s'en prendre. Son acharnement à lutter contre ses sentiments lui semble soudain puéril. Pourquoi ne pas les accepter, tout simplement?

D'un autre côté, son plan de vie est trop bien établi pour qu'elle y renonce aussi facilement. L'âme sœur, c'est pour dans cinq ans, pas avant. Elle s'est fixé comme objectif de faire le tour du monde en solo avec un cœur totalement libre. Libre de se laisser gagner ici ou là par des amours passagères et superficielles, mais sans lien sérieux. Pourquoi donc se sent-elle si menacée par ce qu'elle éprouve pour Marc-André? Ne s'agit-il pas là, justement, d'un simple béguin, d'une amourette, d'une toquade?

«Certainement pas pour lui en tout cas, même s'il reconnaît que cela puisse être le cas, se dit-elle. Marc-André n'a rien compris aux règles du jeu, il prend tout cela beaucoup trop au sérieux. Qu'est-ce que je vais faire?»

— Bon, il est 17 heures, je redescends, déclare le jeune homme en déverrouillant la porte. Pense à tout ça. Et quelle que soit ta décision, je la respecterai. Salut.

15

Mon pays c'est l'hiver!

Marc-André rentre au logement complètement crevé. Jamais soirée ne lui a paru aussi
interminable. À maintes reprises il a senti le regard
de Rébecca braqué sur lui, mais il refusait de le
rencontrer. Affalé sur son lit, il allume la radio –
n'importe quoi pour ne plus entendre ce silence
insupportable! Il repense à leur discussion et son
cœur fait mal. Il monte le volume à tue-tête. Un
rythme effréné! Ô ironie: de la musique espa-
gnole! Sa pensée revient au *Gîte* où Madame
Chérie donnera tantôt, comme chaque soir, son

numéro de danse. Il éteint la radio et ferme les yeux.

Deux museaux insistants le tirent de sa torpeur: les chiens ont passé la journée à l'intérieur et ont un urgent besoin de sortir. Soupirant, Marc-André se rhabille et prend la double laisse. Une neige drue s'abat sur le faubourg, qu'un vent latéral pousse en rafales. L'air sent la tempête. Les promeneurs rentrent le menton dans leur foulard. Courant pour tromper le froid mordant, le jeune homme essaie de faire le point mais, tant que Rébecca n'aura pas pris parti, sa vie à lui demeurera en suspens.

Dans le parc désert, il laisse courir les chiens et s'affale sur un banc. Il se sent abandonné. Et pourtant, Rébecca ne lui a-t-elle pas avoué qu'elle était attachée à lui? Ne devrait-il pas sauter de joie? «Non, répond-il, parce que ça la rend malheureuse, elle. Elle est toujours prête à m'embrasser et à vivre les sensations à fleur de peau, mais elle ne veut pas s'engager, même si elle accepte de voyager avec moi.» À contrecœur, Marc-André reconnaît qu'elle a sans doute raison. Leur amour a peu de chances de durer, ils sont jeunes, ils ont vécu des expériences trop différentes, leur vie de famille respective ne se ressemble guère... Alors pourquoi perdre du temps et de l'énergie à essayer de créer une harmonie que tout voue à l'échec? «Parce que c'est la vie! rumine Marc-André. Parce que si je n'essaie pas, j'aurai toujours un doute, l'idée que ça aurait pu marcher.»

Un semblant d'entrain lui revient lorsqu'il reprend la laisse et dirige les chiens sur le chemin du retour. Il a joué le tout pour le tout. S'il perd, il aura au moins la consolation d'avoir tout fait pour que ça réussisse. Et s'il gagne, Rébecca devra accepter de s'engager. «Et alors, songe-t-il en s'élançant au pas de course, elle deviendra ma gitane!»

— Je savais bien que je te trouverais ici, bonhomme!

C'est Fred qui vient vers lui, tout joyeux.

— Fallait que je le dise à quelqu'un, Marc-André. Danie m'a téléphoné tantôt. Je l'ai, la bourse! Je vais aller en France! À moi la vie de château!

Marc-André sourit: il était temps que la chance fasse un clin d'œil à son copain.

— Je n'en suis pas encore revenu, jubile Fred, exubérant. Ça marche!

— Je suis bien content pour toi, mon chum! fait Marc-André en lui assénant une bourrade amicale. Tiens, viens fêter ça chez nous: on va se faire du chocolat chaud et tu pourras tout me raconter.

— C'est vendu, bonhomme! En espérant que ta piaule est chauffée. *Maudit qu'y fait frette!*

— *Mon pays ce n'est pas un pays, c'est l'hiver!* Vigneault l'a dit.

— Y a pas à dire, il savait ce qu'il disait, ce gars-là. Allez, je te parie que j'arrive avant toi!

— Tope là!

Les chiens ne demandent pas mieux que de participer à l'équipée, si bien que lorsque bêtes et garçons s'arrêtent, à bout de souffle, sur les marches du duplex, tous sont en sueur. Ils s'ébrouent à qui mieux mieux dans le vestibule. Les deux copains rient aux éclats, comme dans le temps. Oubliant ses amours incertaines, Marc-André redevient pour un moment un petit garçon excité, content de s'en être donné à cœur joie dans la neige.

Fred laisse libre cours à son enthousiasme et explique en long et en large les moindres détails du périple médiéval de l'été prochain.

— Y a des sites qui datent de toutes les époques du Moyen Âge. On va en visiter au moins un par jour. Beau temps, mauvais temps. Mais dis donc, toi, tu vas être en Australie pendant mon séjour là-bas?

— Ça en a tout l'air! Mes parents sont d'accord.

— Alors on va s'écrire pour se parler de tout ça. Je visiterai l'Australie par procuration, et toi la France, grâce à moi. Danie m'a suggéré de tenir un journal et j'ai déjà commencé. Pourquoi tu ne ferais pas la même chose, hein? Surtout pour le voyage. Tu pourrais noter tes impressions... Et quand on se retrouverait, on partagerait tout ça. Hein? Qu'est-ce que tu en dis?

Étourdi par l'énergie de Fred, Marc-André ne l'écoute que distraitement car, malgré ses efforts, il n'a pu faire le vide sur ses préoccupations. Son esprit revient constamment à Rébecca et c'est ainsi que le silence qui s'installe peu à peu dans la cuisine ne le frappe pas. Fred s'est interrompu depuis une minute et il lui coule un regard ambigu. Il tourne sa tasse vide entre ses mains et semble en proie à un dilemme, puis se décide:

— Changement d'à-propos, euh... j'ai... quelque chose à te dire, bonhomme. Je sais pas trop comment t'annoncer ça, mais... bon... en tout cas, j'ai passé la soirée avec Karine hier.

Marc-André est surpris du pincement bizarre qu'il ressent.

— Oh, c'est rien de sérieux pour le moment, mais... si ça le devenait, est-ce que ça te dérangerait? C'est fini entre vous deux, pas vrai?

S'efforçant de sourire, Marc-André rassure son copain:

— Bien fini, t'en fais pas. Karine est une fille formidable, je lui garderai toujours un petit coin de mon cœur, mais ce n'est pas elle que j'aime...

— Donc, ça marche toujours ton affaire avec Rébecca?

— Mettons. En fait, je ne peux pas vraiment répondre. Je lui ai proposé de sortir avec moi, sérieusement, je veux dire, et j'attends sa réponse...

— Tu pars avec elle en Australie, comme tu voulais?

Marc-André fait une moue significative.

— Ouille, j'ai touché un nerf, hein? comprend Fred. Écoute, si tu veux, on en parle, sinon, je n'insiste pas. Non? Alors changeons de sujet. Je voulais juste que tu saches que Karine... enfin, que je la trouve...

— O.K., pas besoin de me faire de dessin. Mais elle?

— Elle? Elle pense encore à toi, bonhomme, mais elle commence à voir que c'est peine perdue. Alors, en désespoir de cause, elle se tourne vers le bon vieux Fred qui ne demande pas mieux que de lui ouvrir les bras.

— Et c'est comme ça que vous êtes sortis ensemble, hier soir...

— On n'est pas vraiment sortis: je suis allé chez elle et on a jasé en écoutant de la musique, c'est tout. On a même fait nos devoirs ensemble... Alors tu vois, comme je disais, rien de sérieux encore.

«Rien de sérieux, se dit Marc-André en lavant les tasses après le départ de Fred, mais peut-être plus solide que ce que j'aurai jamais avec Rébecca.»

○

Le dimanche, lorsqu'il s'éveille, le logement silencieux baigne dans une lumière irréelle. Jetant un coup d'œil dehors, Marc-André reconnaît à peine le décor, transformé par la neige qui sculpte çà et là des formes capricieuses. La poudrerie de la nuit a fait place à une tranquillité lugubre. Le jeune homme tressaille: que lui réserve le jour qui commence? «Pas question de courir après Rébecca pour quêter sa réponse! se dit-il. Après-midi, j'irai faire un tour à l'hôpital. À elle de me relancer si elle a quelque chose à me dire.»

Violaine l'interpelle lorsqu'il arrive à l'hôtel pour le service du dîner:

— Rébecca avait un rendez-vous à midi, mais elle te fait dire d'arriver à 16 heures 30, ce soir. Elle veut te parler.

Les airs de Noël diffusés en sourdine créent une atmosphère enjouée dans la salle à manger assaillie par les dîneurs. Il y a surtout des groupes, aujourd'hui. Soulagé par l'absence de Rébecca, Marc-André travaille d'arrache-pied. Et, dès qu'il peut se libérer, il s'emmitoufle chaudement dans son duvet et file vers l'hôpital. Il s'arrête à la cafétéria pour grignoter un sandwich, seul client de la petite salle en ce milieu d'après-midi. «J'aurais dû apporter un livre, se dit-il. Ça serait moins ennuyeux.»

C'est alors qu'une ombre bloque la lumière devant lui. Levant la tête, il aperçoit Estelle Pontchartrain qui le dévisage. Elle porte un kimono fort seyant en satin vert et son visage est soigneusement maquillé. Des cheveux blond cendré bouclent autour de son visage. Il tressaille imperceptiblement en la reconnaissant et il reçoit de plein fouet la détresse de son regard. Se levant spontanément, il tire une chaise et l'invite à s'asseoir. Puis il reprend sa place en face d'elle. Pendant quelques secondes, elle l'observe avec un intérêt non dissimulé. Alors il en fait autant. «Elle a de la gueule, apprécie Marc-André. Si elle le voulait, il serait peut-être encore temps d'entreprendre la carrière qu'elle regrette si amèrement!»

— Tu as trouvé un boulot, lance-t-elle à brûle-pourpoint, et tu n'as plus de temps pour Karine.

Marc-André perçoit une pointe d'ironie dans ses paroles.

— C'est vrai que j'ai un emploi, avoue-t-il simplement, mais il y a déjà plusieurs semaines qu'on ne sort plus ensemble, Karine et moi. Karine est une fille super et j'ai beaucoup d'estime pour elle...

— Sauf que tu l'as plantée là... Toujours la même histoire.

— Je ne l'aime plus assez pour sortir avec elle, mais je l'aime bien quand même.

— Je connais la chanson. Tu as une autre amie de cœur?

Il hésite un moment avant de répondre. Pas tant à cause de l'indiscrétion de la question que de sa propre incertitude. L'étrangeté de la situation ne le frappe même pas lorsqu'il se décide à lui dire:

— Il y a une jeune fille que j'aimerais bien avoir comme amie, mais... il y a quelques obstacles à surmonter avant de...

169

— Avant d'arriver à tes fins?

— Si vous voulez.

— Je ne demanderai pas de détails.

— Je ne vous en donnerais pas non plus.

Mal à l'aise, le jeune homme cherche un autre sujet de conversation.

— Euh! Est-ce qu'on pourrait parler de votre santé, maintenant?

— *NON!*

Le cri a fusé du fond de ses entrailles. Son visage se froisse. Un tremblement l'agite. Marc-André se mord la langue.

— Je m'excuse, j'ai perdu la tête, murmure-t-il en combattant l'envie de lui prendre la main. Je sais à quel point c'est exaspérant de se faire demander ça. Je... je suis passé par là il n'y a pas si longtemps.

Mais le mal est fait et l'échafaudage qu'elle a si soigneusement érigé en trompe-l'œil s'effondre lamentablement. Ne reste devant Marc-André qu'une femme profondément mortifiée de voir sa souffrance mise à nu.

— Je m'en suis sorti, dit-il à mi-voix, et vous le pouvez aussi.

Rageusement, Estelle frappe sur la table et Marc-André résiste à l'impulsion de déguerpir. Il a l'impression qu'elle va le gifler et la tension, pendant quelques secondes, est difficile à soutenir.

— Le matin quand j'ouvre les yeux, *j'espère...*, commence Estelle avec lassitude. Je fais ma toilette, je m'habille, je prends soin de chaque pore de ma peau. Et *j'espère* encore. Je me coiffe, je compte mes rides dans le miroir, je me maquille, je prends soin de mes ongles. C'est passionnant, tu ne peux pas savoir. En tout cas, ça occupe une partie de la matinée. Et je continue *d'espérer.* Ensuite je me promène dans l'hôpital; puis je remonte à ma chambre et j'attends. Qui? Eh bien, les psys qui viendront me confesser, les préposés qui m'apporteront à manger, les infirmières qui me drogueront avec des injections ou des médicaments. Je suis même contente de voir apparaître les employés d'entretien, parfois. Avec tant de stimulations, *l'espoir* du matin commence tranquillement à s'effriter. Mais, pour me remonter le moral, il y a encore le spectacle des visites! Imagine: des gens qui prennent de leur précieux temps pour venir constater ma déchéance, *ô joie!* Il faut les voir trembler d'effroi. Il faut les voir s'asseoir sur le bout de la chaise, prêts à s'enfuir au moindre signe de danger. Ils savent que je peux éclater à tout moment et mordre. C'est à en mourir de rire. Mais le plaisir est de courte durée, car peu ont le courage de rester plus de dix minutes. Sauf Karine, bien sûr, devoir filial oblige! Avec ça, *l'espoir* continue de dégringoler... Et l'ennui reprend ses droits. T'imagines-tu le temps que j'ai passé à ma fenêtre depuis que je suis ici, à regarder les heures s'égrener dans la morosité totale? Est-ce tellement surprenant que, tout à coup, sans crier gare, je flanche? Inexorablement, chaque jour, je finis par flancher.

Et je ne vaux plus rien jusqu'au lendemain. Les infirmiers accourent alors, et place aux médicaments puissants pour gérer la crise. *Et chaque jour je croule davantage... Aujourd'hui plus qu'hier et bien moins que demain...* pour paraphraser une poétesse qui me nourrissait du temps où je croyais encore à l'amour. Mais là aussi, mes espoirs se sont effrités... Bref, de jour en jour il devient plus difficile de ramasser les miettes. À un moment donné, elles vont être trop éparpillées, il n'y aura plus rien à faire. Et j'y resterai pour de bon, écrasée, vaincue, finie...

— C'est une possibilité, admet Marc-André.

Il la voit qui résiste à l'envie de réagir. Le silence s'alourdit et Marc-André ne fait rien pour l'alléger. Puis:

— Mais ça, c'est la solution facile, jette-t-il dédaigneusement.

Cette fois, elle se compromet carrément. Elle se détourne et il se rend compte qu'il l'a intriguée.

— L'autre solution est plus exigeante, plus douloureuse, plus dangereuse, mais plus excitante aussi. Il faut y mettre du sien et on n'a aucune garantie que ça va fonctionner. Elle demande pas mal plus de... (Il hésite sur le mot à employer.) ... pas mal plus de culot. Mais dans votre cas, ce n'est pas un obstacle, ironise-t-il. J'ai constaté que vous en aviez une réserve impressionnante.

Il la fixe avec insistance. Il veut que les paroles s'enracinent.

— Tu n'en manques pas toi non plus! rétorque-t-elle au bout de quelques secondes.

Et la voilà qui sort de ses gonds. Son visage s'empourpre, sa respiration devient sifflante, la fureur gonfle en elle.

— Fous-moi donc la paix avec tes sornettes! vocifère-t-elle en balayant l'air de ses bras.

Marc-André sait qu'il a testé la capacité limite d'Estelle mais n'en éprouve pas de remords. Il se lève résolument et vient se planter devant elle.

— Le vert vous va bien, lui dit-il à mi-voix; il fait ressortir l'éclat de vos yeux et il met votre teint en valeur. En plus, le vert est la couleur de l'espoir. Cet espoir qui vous habite chaque matin et que vous gaspillez en pure perte tout au long de la journée.

Écumant de colère, Estelle se lève et se précipite hors de la cafétéria. Marc-André enfile son duvet et lui emboîte le pas dans le corridor. Parvenu à sa hauteur, il lui renvoie la colère qu'elle a larguée sur lui.

— Vous avez bien raison d'être fâchée! dit-il en courant pour se maintenir à ses côtés. Je le serais, à votre place, moi aussi. Je m'arracherais les yeux, même! Ces yeux qui ne voient que vos rides alors que votre visage est si beau, si expressif. Je m'arracherais également les oreilles, qui n'entendent pas à quel point votre voix est riche et pleine de vibrations. En fait, si j'étais vous, je briserais carrément le miroir, parce qu'il vous renvoie une vision déformée de vous-même. Vous ne voyez pas que vous avez tout ce qu'il faut pour vous en sortir haut la main? Vous vous complaisez dans les regrets d'un passé hypothétique que vous ne rattraperez jamais... et, ce faisant, vous vous dépossédez d'un avenir dont vous pouvez faire ce que bon vous semble, avec vos atouts et vos capacités.

Hors d'elle-même, elle s'arrête près des ascenseurs et se détourne pour lui faire face. Un puissant tremblement la secoue et elle a du mal à respirer.

— De quoi je me mêle? vocifère-t-elle lorsqu'elle reprend son souffle. Je ne vois pas pourquoi je me laisserais faire la leçon par un jeune freluquet fantasque qui n'a même pas la moitié de mon âge.

Autour d'eux, des gens vont et viennent, les ascenseurs se vident et se remplissent, des brancardiers poussent des civières... Indifférents à ce brouhaha, Estelle et Marc-André soutiennent le siège. Leurs regards sont soudés l'un à l'autre et c'est à qui baissera pavillon en premier.

— À ce que je sache, on vit dans un pays libre et c'est permis de dire aux gens ce qu'on pense d'eux, rétorque le garçon, non sans arrogance.

— Non, mais de quel droit me parles-tu comme ça? fait-elle, déchaînée, en piétinant sur place.

— Du droit de celui qui a déjà connu la noirceur des bas-fonds et qui est parvenu à remonter à la surface. Vous ne pouvez pas vous imaginer comme la lumière est belle quand on la retrouve après si longtemps, et à quel point l'air sent bon au moment où l'on aspire sa première bouffée libératrice! C'est une volupté à nulle autre pareille...

Sans cesser de darder sur Marc-André son œil furibond, Estelle entre à reculons dans un ascenseur dont les portes viennent de s'ouvrir. Le garçon garde ses yeux rivés aux siens jusqu'à ce qu'elles se referment en grinçant.

○

Il est encore secoué lorsqu'en marchant vers la chambre d'Isolde, il rencontre son frère dans le corridor. Christian a un air accablé, annonciateur de mauvaises nouvelles.

— Qu'est-ce qui se passe? lance Marc-André, affolé.

— Isolde fait une autre crise d'hypertension. Le doc veut la garder sous observation jusqu'à l'accouchement, mais elle ne veut rien savoir...

— Écoute, tu sais bien que ça va s'arranger. Si elle doit rester ici, elle va se faire une raison. Penses-tu que je peux aller lui dire un petit bonjour?

— Sa mère et Mme Arsenault sont déjà avec elle, mais je suis sûr que ça lui fera plaisir de te voir. Je vais juste me chercher un café et je remonte.

— Hé, Christian, t'en fais pas, ça va bien aller. Y a pas à dire, hein, c'est difficile de devenir père!

Il a lancé sa boutade en espérant dérider son frère et faire disparaître les sillons qui lézardent son front. Mais Christian secoue les épaules et poursuit son chemin, plus abattu que jamais. Ce que lui a expliqué le médecin sur l'état de sa femme ne laisse pas de l'inquiéter. L'hypertension d'Isolde pourrait être causée par une maladie très grave: la pré-éclampsie.

Et ce mot horrible lui martèle les tempes comme un glas.

○

Rébecca accueille joyeusement Marc-André à son arrivée au *Gîte*.

— Nous allons avoir une voiture jusqu'à San Francisco! s'écrie-t-elle sans lui laisser le temps de retirer ses bottes.

Une petite annonce dans *La Presse* avait attiré son attention. *Chauffeur demandé pour conduire voiture vers la Californie en janvier. Communiquer avec Paul.* Ce qu'elle avait fait illico.

— Je l'ai rencontré à midi, enchaîne-t-elle. C'est un informaticien qui déménage en Californie avec sa famille et qui ne veut pas se taper la distance. Lui, sa femme et ses enfants se rendent là-bas en avion et il cherchait quelqu'un pour y conduire sa voiture. Une Honda Civic très confortable, tu vas voir. Il me l'a fait essayer à midi. Il voulait voir si je savais manier les vitesses sans abîmer l'embrayage.

Tout en se laissant étourdir par le débit rapide de Rébecca, Marc-André se déshabille et suspend ses vêtements enneigés. Il n'arrive pas à partager son exubérance. Il revoit le visage trop rouge d'Isolde, sa nervosité excessive, la douleur qui altérait ses traits... Son cœur se serre.

— On a convenu d'un rendez-vous le 30 janvier à San Francisco, poursuit Rébecca. Ça nous donne vingt-quatre jours pour nous rendre là-bas.

— Il nous paie pour ça?

— Bof! ce n'est pas la générosité qui l'étouffe: il nous donne trois cents dollars pour payer l'essence. Ça suffira à peine, mais c'était à prendre ou à laisser et j'ai préféré prendre. Ça nous assure un transport, nous y trouvons notre compte. Quand on aura quitté les régions froides, on pourra même dormir dans la bagnole, la banquette arrière se rabat complètement.

Tout en bavardant, Rébecca a entraîné Marc-André vers la petite chambre du troisième, comme la veille.

— Il nous reste quinze minutes avant le souper, dit-elle en lui passant les bras autour du cou. Tu es tout froid. Viens que je te réchauffe. J'avais tellement hâte de t'annoncer la nouvelle!

Mais Marc-André la repousse fermement.

— Je veux d'abord savoir ce que tu as décidé pour nous deux, dit-il.

— Ne l'as-tu pas compris? murmure-t-elle en se collant contre lui.

16

Un voyage, ça se prépare!

Marc-André et Rébecca arrivent au logement de la rue du Ruisseau, les bras chargés. En prévision de leur départ prochain, ils ont fait une razzia à la boutique *Les Inusables,* spécialisée en fournitures d'expédition: réchaud, gamelle, trousse d'urgence, sac à dos, vêtements astucieux pour voyager confortablement tout en échappant aux voleurs à la tire, etc.

Ensuite ils ont réglé leurs cadeaux de Noël. Au haut de sa liste, Marc-André avait inscrit les petits Lévesque. Pour Martin, un curieux qui sait déjà lire, il a déniché un album des *Débrouillards* expliquant une centaine d'expériences à faire avec de la neige; pour Francis le bricoleur, une trousse de modelage comprenant plasticine, peintures de diverses couleurs et garnitures; pour Benjamin, un camion de pompier muni d'un tuyau qui arrose pour vrai. «Et tant pis si la mère se fâche! songe-t-il en admirant ses choix. Elle doit bien pouvoir endurer un peu de fouillis dans le salon, à Noël! En tout cas, mes cadeaux devraient tenir ses fils occupés pendant des heures.» Dans la section des peluches, il a choisi deux oursons: un pour bébé Julia, l'autre pour sa future nièce. Pour son frère et sa belle-sœur, un enregistrement du *Boléro* de Ravel, leur pièce préférée. À Rébecca il se propose d'offrir une boussole qu'il ira acheter à la première occasion. Il a déjà préparé le petit mot qui l'accompagnerait: *À ma gitane, pour qu'elle me retrouve toujours au bout de son chemin.* Et enfin, pour Fred, un *Guide des Châteaux médiévaux* d'occasion, mais comme neuf, que le libraire du *Volubile* lui a laissé à un prix avantageux.

Les chiens sont agités et Marc-André les fait sortir dans le jardin.

— Isolde fait son propre papier cadeau, dit-il en prenant une boîte dans un placard. Elle conserve tous les sacs en papier et elle y peint différents motifs avec de la peinture acrylique. Regarde, ce n'est pas laid.

Il déverse le contenu de la boîte sur la table de cuisine.

— Comme elle doit rester dans son lit, à l'hôpital, elle s'occupe à bricoler. Regarde le papier avec les poupées, elle l'a peint hier.

— C'est original, en tout cas! apprécie Rébecca. On peut l'utiliser?

— Ne te gêne pas, elle en avait déjà une boîte pleine. On en aura pour jusqu'à l'an deux mille.

— Je vais prendre celui avec les petites étoiles, c'est le plus délicat.

Marc-André apporte du papier collant et des ciseaux, ainsi qu'un plat de croustilles et du cola. Puis ils se mettent à l'œuvre en babillant.

— J'ai communiqué avec la clinique des voyageurs, dit le garçon. Avec l'itinéraire prévu, je n'ai pas besoin de vaccins. Ce serait différent si nous allions dans des régions dangereuses pour la malaria, mais nous les évitons. On m'a quand même conseillé des médicaments à apporter au cas où.

— Moi, j'ai reçu le kit de vaccins complet, je veux aller dans la brousse sans inquiétude. À propos, j'ai reçu une liste d'horaires et de prix pour nos vols, ce matin. Dans mon cas, c'est plus avantageux que je prenne un billet ouvert autour du monde. Mais pour toi, mon agente a trouvé un groupe d'âge d'or qui quitte San Francisco le 30 janvier pour un voyage de trois semaines en Australie et à Tahiti. Sydney est leur première escale et il leur reste quelques billets. Écoute bien ça: s'ils ne trouvent pas preneur d'ici deux jours, ils sont prêts à t'amener là-bas pour 780$, taxes comprises...

181

— L'âge d'or, tu parles! Non, mais me vois-tu?

— Ta grande maturité compensera le nombre d'années qui te manque, plaisante Rébecca. On volerait à bord d'avions différents mais on arriverait pratiquement à la même heure, et à Honolulu, et à Sydney.

— C'est moins cher que ce que je m'attendais à payer.

— Les vols nolisés ont des tarifs de groupe. C'est toujours plus avantageux. Le seul hic, c'est que, si la place est libre, tu vas devoir payer tout de suite. As-tu ce qu'il faut?

— Je pense, oui. Tu me donneras le numéro de l'agente pour que je l'appelle.

— Avec une bagnole, on va pouvoir resserrer l'itinéraire et manger à meilleur compte. Les aliments vont pouvoir rester au froid pendant la nuit.

— Jamais personne n'aura fait un si beau voyage! Hé, te rends-tu compte que je vais pouvoir commencer à faire mes bagages maintenant que j'ai mon sac?

— Les miens encombrent mon lit depuis un mois. Il était temps qu'on magasine. J'en ai assez de tout flanquer par terre quand je me couche et de ramasser chaque matin. Bon! Ça y est! Mes cadeaux sont prêts à être déballés, maintenant que je me suis donné le mal de les envelopper! Ils prennent trois fois plus de place que tantôt. Dis, Marc-André, vas-tu me raccompagner chez moi pour m'aider à porter tout ça?

Câline et suppliante, elle vient se mettre derrière lui et passe les bras autour de son torse. Puis elle se met à le chatouiller. Oubliant papiers, rubans et cadeaux, il se tourne vers elle et répond à son invite. En moins de deux, ils se retrouvent sur le sofa à se bécoter en riant aux éclats. Puis c'est la grande poursuite à travers la maison. Ils sont rouges, en nage et heureux quand, au bout de dix minutes, Marc-André sonne la fin de la récréation:

— O.K. Finies les folies! Si tu veux vraiment que je te raccompagne, c'est maintenant. Parce que j'ai du ménage à faire dans le logement, ce soir. Et en plus, j'ai un travail d'étape en français à remettre demain.

○

Depuis que Rébecca et Marc-André sortent officiellement ensemble, ils se sont vus tous les jours. Le lendemain de la séance de magasinage, ils sont allés à l'hôpital rencontrer Isolde et Christian. Isolde allait un peu mieux ce soir-là, et elle a été contente de parler en espagnol avec Rébecca. Le samedi suivant, le jeune homme était invité à souper chez les Galdès; le repas s'est doublé d'une analyse de leur itinéraire, avec conseils à l'appui. La semaine avant Noël, Rébecca a assisté au meeting des NA, et un autre soir, le jeune couple est allé au cinéma.

Tout à la joie de leurs amours, ils passent leur temps à se serrer l'un contre l'autre et à s'embrasser, même devant témoins, même dehors au froid, dans les ascenseurs des grands magasins, dans le métro, partout.

Marc-André a obtenu de La Passerelle les documents nécessaires pour son transfert à Sydney. Ses travaux de fin de session ont tous été remis aux dates voulues. Il n'a pas obtenu des scores mirobolants, mais ce ne sont pas non plus des notes désastreuses. Il se retrouve dans la moyenne dans la plupart des matières. Soulagé d'avoir retrouvé sa capacité de travail, il étudie pour ses examens de fin de session avec ardeur et se promet de redoubler d'efforts, à Sydney, pour redorer son blason académique.

○

— Si tout va bien, Isolde va pouvoir sortir deux jours à Noël, dit Marc-André à Rébecca. Du 23 après souper jusqu'au 25 dans l'après-midi.

— Eh bien, tant mieux! J'ai eu l'impression qu'elle n'en pouvait plus d'être à l'hôpital quand on l'a vue, hier.

— Le doc a réussi à ramener sa tension à la normale et ce sera certainement plus agréable pour elle d'être dans son environnement familier.

184

— C'est quand même risqué, non? Elle n'a pas très bonne mine.

— Ils la laissent sortir seulement si elle promet de rester allongée. En plus, sa mère, qui est infirmière, va venir rester avec elle. Et au moindre signe inquiétant, elle retourne à l'hôpital en quatrième vitesse. Je vais te dire franchement, moi, c'est mon frère que je trouve amoché. Il travaille trop, il ne dort plus, il se fait du mauvais sang...

— Avec ses cheveux prématurément blancs, il aura toujours l'air plus fatigué qu'un autre. Vous ne vous ressemblez pas du tout, dit la jeune fille en se collant contre son chum. Et c'est toi le plus beau.

Ils n'ont pu résister à l'appel de la neige: les chiens courant en liberté dans le parc, Rébecca et Marc-André virevoltent dans la féerie de l'hiver, entourés de flocons géants qui dansent la farandole autour d'eux. Ils s'arrêtent sous un pin géant pour s'embrasser.

— Cinq étoiles pour ce baiser au goût de neige, murmure Rébecca.

Ne travaillant plus que pour entraîner sa remplaçante, qui se débrouille d'ailleurs de mieux en mieux, la jeune fille jouit pleinement de ses soirées retrouvées.

— J'ai une idée, dit Marc-André: qu'est-ce que tu dirais de regarder un film tout à l'heure? À tout hasard, j'ai enregistré *Le grand blond avec une chaussure noire* hier soir. L'as-tu vu?

— Avec Pierre Richard? Oui je l'ai vu et ça ne me déplairait pas de le revoir. Mais tu as un examen demain, non? Est-ce bien raisonnable?

— J'ai déjà beaucoup étudié. D'ailleurs, un vidéo qu'on regarde en bonne compagnie ne peut que garantir de bonnes notes. Veux-tu un petit avant-goût de ce qu'on peut faire pour se détendre en regardant un film?

— Bien oui, déniaise-moi donc un peu avant qu'on rentre.

17

À la veille de Noël

Dans le meilleur des scénarios, les quelques jours avant Noël donnent lieu à une course effrénée contre la montre; et cette année, avec Isolde dont la santé est préoccupante, le bébé qui s'en vient, Christian qui fait du six à six quotidiennement et les préparatifs du voyage, l'effervescence est à son comble. Ce n'est que le 22 décembre que Fred et Marc-André trouvent le temps d'aller acheter un sapin. Ils l'installent dans le salon et le décorent de leur mieux. Ils disposent les cadeaux dessous, de part et d'autre de la jolie crèche en bois léger qu'Isolde avait fabriquée avant d'entrer à l'hôpital. Pendant ce temps, dans la cuisine, la maman d'Isolde confectionne une montagne de mets plus appétissants les uns que les autres en vue du réveillon.

Le 23 décembre, en plus de faire mille et une emplettes pour son frère et sa belle-sœur, Marc-André se rend à l'agence de voyage chercher son billet d'avion. Ce soir-là, il est invité à un échange de cadeaux dans la famille de Rébecca. L'hôtel est fermé jusqu'au 2 janvier et les Galdès, comme chaque année, s'en vont passer Noël dans un chalet du comté de Charlevoix. Ils partent le lendemain matin. Le jeune homme revient chez lui en étrennant le cadeau que Rébecca lui a offert: une veste en laine, chaude et élégante, dont la teinte bourgogne met en valeur le brun de ses yeux et de ses cheveux. M. et Mme Galdès lui ont donné de l'argent de poche pour le voyage et Violaine, le *Guide du Routard* de l'Australie.

Isolde et Christian bavardent doucement au salon lorsqu'il rentre. La voisine leur a prêté une chaise longue capitonnée dans laquelle Isolde pourra se reposer confortablement sans devoir rester tout le temps dans son lit. Marc-André est heureux de la voir de retour à la maison, et il s'empresse de se retirer dans sa chambre pour ne pas voler aux amoureux ces précieux moments de tête à tête.

Le 24 au matin, dans le mystérieux état de demi-conscience qui suit le sommeil et précède

188

l'éveil proprement dit, Marc-André se laisse bombarder d'images diverses et les douze mois qui viennent de s'écouler repassent sur l'écran de ses souvenirs, à commencer par le cauchemar de drogue et de détresse que fut le Noël d'il y a un an. La descente aux enfers jusqu'au fond du gouffre... le désespoir... l'appel au secours... la cure... le rayon d'espoir venu éclairer le tunnel... la bouée... la lente remontée à la surface... le chamboulement familial... *Narcotiques Anonymes* et, finalement, le rétablissement...

Et puis des visages de femmes... Celui d'Isolde... Isolde qu'il a appris à apprécier depuis qu'il vit sous le même toit qu'elle... Karine, à qui il a dit son premier *Je t'aime* et qu'il a d'ailleurs sincèrement aimée pendant tout un été... Rébecca, la gitane qui fait battre son cœur aujourd'hui en lui ouvrant le monde des plaisirs sensuels, celle aussi avec qui il partira au bout du monde... Chacune à sa manière, elles ont levé pour lui un coin du voile de la mystique féminine...

Et voilà qu'un quatrième visage s'impose inopinément: celui d'Estelle Pontchartrain. Dans la préconscience du demi-sommeil, Marc-André se demande si cette vision ne pourrait pas avoir un sens. Quel rôle joue donc dans sa vie cette femme déroutante? Déjà, le soir où elle a fait sa crise, il avait ressenti une impression insolite. Impression qui s'était en quelque sorte confirmée, sinon précisée, lors de leur rencontre à l'hôpital. D'où lui vient cette impulsion, chaque fois, de lui tendre la main? Pourquoi a-t-il la certitude de l'avoir aidée ce jour-là? Mais il est encore trop somnolent pour se fixer là-dessus et ses idées s'embrouillent.

Il finit par émerger du sommeil mais il reste étendu, les yeux fermés. Cette fois, c'est consciemment qu'il réfléchit. Oui, ç'a été l'enfer par bouts, mais il s'est repris en main: c'est lui, dorénavant, qui tient les rênes de sa vie. Son départ prochain pour l'Australie en est un signe manifeste. Même si l'achat du billet a ramené son compte en banque à zéro, il ne regrette pas sa décision. Il n'a pas toutes les réponses, tant s'en faut, mais çà et là quelques possibilités d'avenir commencent à se dessiner. Il se voit même, éventuellement, à l'université... ce qui eût été impensable il y a seulement quelques mois.

Bien sûr, tout adieu aux drogues demeure précaire: le jeune homme sait très bien qu'il sera dépendant jusqu'à son dernier souffle, mais il sait aussi qu'avec la foi et la détermination il peut demeurer abstinent. Il sourit soudain, content de sentir le sang couler dans ses veines.

Il fait encore noir lorsqu'il se lève, après avoir vainement tenté de se rendormir. Il a d'ailleurs une grosse journée devant lui. Il doit passer chez les Lévesque, pelleter le trottoir, déneiger la voiture, nettoyer la salle de bains et mettre le couvert pour le réveillon. Curieusement, cette accumulation de tâches, qui l'aurait horripilé naguère, lui apparaît aujourd'hui comme une sinécure. Peut-être à cause de son départ prochain, il a même hâte de s'y attaquer. Dans la soirée, il doit encore participer à une célébration des NA à la villa Roche-de-St-Cœur. Fred et lui y resteront jusqu'à l'heure d'aller à la messe de minuit, après laquelle ils reviendront au logement des Courchesne pour un réveillon intime avec Christian, Isolde et sa mère.

Décidément, ce Noël sera différent de tous ceux qu'il a vécus jusqu'ici.

○

Étendue dans sa chaise longue devant l'arbre de Noël illuminé, Isolde sirote du lait chaud, les yeux dans le beurre. Elle salue Marc-André en le voyant sortir de sa chambre et celui-ci note ses traits altérés. Il vient la rejoindre au salon et s'accroupit en face d'elle, au pied du sapin.

— Toi non plus, tu ne pouvais plus dormir? demande-t-il.

— Non, confirme-t-elle. J'en ai assez de passer ma vie au lit. Avec ce séjour à l'hôpital, j'ai tellement de choses en retard. Je me suis réveillée en même temps que Christian et il est venu déjeuner dans notre chambre avant d'aller travailler. Je sais que je ne suis pas censée bouger, mais je voudrais tellement finir de préparer le coin de la petite avant sa naissance.

Son ton est fébrile. Marc-André s'enquiert:

— Qu'est-ce qui reste tant à faire? J'avais l'impression que tout était prêt. En plus, ma chambre sera libre d'ici deux semaines.

— Je mettrai le moïse à côté de mon lit pendant les premiers mois, jusqu'à ce que ma petite fille fasse ses nuits. Je veux l'allaiter et ce sera moins compliqué comme ça. Euh... Marc-André?

Interloqué par le changement de ton, le jeune homme remarque l'air bouleversé de sa belle-sœur.

— Quoi?

— J'ai fait un cauchemar atroce, commence-t-elle en tremblant. Ma petite... était dans son berceau, toute fragile, et... je ne pouvais pas m'en occuper... même pas la prendre dans mes bras. J'ai tellement peur. Ça fait plusieurs fois que je fais ce cauchemar... S'il fallait...

Elle s'interrompt, n'osant formuler l'hypothèse redoutable qui lui vient à l'esprit. Marc-André s'approche d'elle.

— Si tu savais à quoi je rêve, des fois, moi aussi, dit-il. Ça arrive, c'est normal. Mais on n'est pas plus avancés si on se laisse abattre par des trucs sur lesquels on n'a aucun contrôle.

— Mais les rêves sont parfois des avertissements... Marc-André, supposons qu'il m'arrive quelque chose, qu'est-ce que ma petite va devenir, hein?

— O.K. Admettons que tu te sentes faible après ton accouchement, et ce serait tout à fait normal, eh bien, y a rien là: tu es entourée de gens qui seront heureux de prendre soin de toi et de ta petite. De toute façon, à l'âge que tu as, tu vas refaire tes forces très rapidement... Chose certaine, ça ne t'aidera pas si tu te mets dans un état pareil. Allez, oublie ça.

— Tu as raison, reconnaît Isolde en essayant de respirer normalement. Mes amis viendraient me donner un coup de main et ma petite n'en souffrirait pas. Ouf! Merci, Marc-André. Des fois, je ne suis pas capable de raisonner tellement mes émotions prennent le dessus.

Mais brusquement ses larmes jaillissent de plus belle:

— Marc-André, si jamais... tu sais... si jamais ça arrivait quand même...

Comprenant ce qu'elle n'arrive pas à mettre en mots, il vient s'asseoir sur un pouf à côté d'elle.

— Tais-toi, lui dit-il fermement. Tu sais très bien que si... ça arrivait, comme tu dis, tout le monde se donnerait la main pour qu'elle... ta petite... n'en souffre pas. Tiens, je t'en donne ma parole, là! Tu es contente? Hé, ne pleure pas comme ça, tu vas me rendre tout triste.

— Que veux-tu, ce rêve m'a énervée.

— Veux-tu que j'appelle le doc? Ou la sage-femme?

Mais Isolde secoue énergiquement la tête.

— Laisse faire... C'est passé, maintenant. Je suis juste un peu fatiguée.

— Alors va dormir quelques heures de plus. Il est seulement six heures et quart. J'ai l'impression que ça te ferait du bien, surtout si tu veux pouvoir veiller un peu, au réveillon. Tu sais ce que le docteur t'a dit... repos à tout!

Voyant qu'Isolde hésite, Marc-André insiste:

— J'ai une suggestion: va te recoucher et, en revenant de chez les Lévesque, je te le finirai, ton coin du bébé. Profite de moi le temps que je suis là, hein? Gêne-toi pas.

— Il reste seulement deux choses à faire. Pourrais-tu installer le mobile que j'ai fabriqué? Il faudrait le mettre au-dessus du moïse.

— Tes désirs sont des ordres!

— Et je voudrais avoir une ou deux tablettes sur le mur de la table à langer. Pour ranger la crème, les couches, les camisoles, les pyjamas de rechange, et tout ça. Christian est censé s'en occuper mais, avec les heures supplémentaires qu'il doit faire ces jours-ci, il n'a plus le temps.

— Je vais t'organiser une série de tablettes dans le temps de le dire. Tiens, je vais même les tailler tout de suite; il me reste deux heures de liberté avant d'aller chez les Lévesque. Laisse-moi juste prendre les mesures sur le mur et tu pourras te recoucher. Christian a déjà acheté du bois et des supports. Je te les installerai cet après-midi, ainsi que le mobile.

Marc-André prépare son petit déjeuner, heureux qu'Isolde ait retrouvé un peu de sa sérénité, mais inquiet tout de même: le teint rougeâtre de la future maman lui fait craindre que sa tension ne fasse encore des siennes. Mme Nicolini devrait être là vers neuf heures et il a vraiment hâte qu'elle arrive.

○

Les petits Lévesque sont ravis des cadeaux de Marc-André mais l'annonce de son départ imminent leur fait l'effet d'une bombe. Le petit Benjamin se met à le frapper à grands coups de poing rageurs.

— Veux pas que tu partes, bon! crie-t-il en sanglotant. T'es pas fin!

Sa mère doit intervenir et le serrer dans ses bras pour le consoler.

Marc-André avait convenu avec le Dr Pontchartrain que sa «dette» serait complètement remboursée à la fin de décembre. Donc, de ce côté, tout est clair. Mais lui-même trouve cela dur de se séparer de ces bambins dégourdis qui lui ont permis de s'attarder un peu dans le monde de l'enfance avant de plonger à pieds joints dans l'âge adulte. Il se promet de leur envoyer des cartes postales et des cadeaux de l'Australie.

— À Sydney, leur annonce-t-il, je vais avoir un kangourou et un koala!

Du coup leur chagrin fait place à la curiosité, et ils lui posent des tas de questions. On fouille dans les dictionnaires pour trouver des images, on s'exclame, on bat des mains.

— Comment tu vas les appeler? veut savoir Martin.

— Bonne question! Je comptais sur vous pour m'aider à les baptiser.

En creusant leur imagination, les trois bambins finissent par trouver des noms: Kagayouka, pour le kangourou, et Mounikouli pour le koala.

— Envoie-nous des photos de Kagayouka et Mounikouli! exige Francis.

— Avec toi aussi sur les photos, précise Benjamin.

— Quand tu vas revenir, vas-tu les ramener? demande Martin.

Si bien que lorsque Marc-André prend congé, ils sont aussi excités que lui de ce voyage.

○

Cet après-midi-là, le père d'Isolde téléphone du Chili pour offrir ses vœux. Le soir, c'est au tour des parents Courchesne d'appeler de Sydney. Le visage de Christian s'assombrit lorsqu'il reconnaît la voix de son père, mais celui-ci veut faire la paix.

— Écoute, Christian, tu sais, la dernière lettre que j'ai écrite, prends donc une allumette et brûle-la. Les mots sont sortis bêtement, sous l'effet d'une colère qui n'avait pas sa raison d'être. Depuis, j'ai eu l'occasion de repenser à tout ça. Et... bon... en tout cas, si tu en es capable, oublie donc ça. Je comprends pourquoi tu écris seulement à ta mère depuis ce temps-là. Dis à ta femme que je lui souhaite toute la chance possible avec son accouchement et que je viendrai vous embrasser tous les trois à la première occasion. J'ai été trop loin, Christian, je le sais, et je te demande, je vous demande à tous les deux... de... de me pardonner. Je regrette...

Trop ému pour parler, Christian répond par monosyllabes. En fait, il ressent un profond soulagement. Il n'aimait pas traîner cette rancœur contre son père... Il sent l'effort considérable que doit faire Bertrand à l'autre bout du fil pour lui présenter de telles excuses et il sourit tristement.

— Ça va, papa, dit-il enfin. Joyeux Noël.

— Et Marc-André? Est-ce qu'il est là?

— Non, il a un meeting des NA ce soir. Mais je lui transmettrai vos vœux. D'ailleurs, vous le verrez bientôt.

— Ta mère veut te parler maintenant, je te la passe. Salut, Christian.

— C'est toi, mon grand? s'écrie Aline Courchesne avec animation. Comment ça va? Allez, raconte, je veux tout savoir dans les moindres détails. Isolde a-t-elle obtenu la permission de sortir, finalement?

Tirant une chaise, Christian s'assoit confortablement. Il fait un clin d'œil à Isolde qui lui sourit de sa chaise longue. Il sait qu'il en a pour plusieurs minutes à répondre à l'interrogatoire en règle de sa mère.

○

Au retour de l'église, où les airs traditionnels chantés par la chorale des enfants lui ont fait revivre l'émerveillement des Noëls d'antan, Marc-André prend conscience d'une plénitude en lui qu'il n'a jamais connue auparavant. Il se sent bien dans sa peau. Il peut désormais penser à Karine sans être bourrelé de remords, et son avenir est rempli de promesses. Il regarde Fred, content que l'horizon s'éclaire aussi pour son vieux compagnon d'armes. Tous les gens avec qui il se trouve cette nuit ont traversé des épreuves. En leur offrant ses vœux, il pense au courage tranquille d'Isolde, à la ténacité de Christian, à la volonté de s'adapter de Mme Nicolini malgré la barrière linguistique et les embûches qu'elle a subies... autant d'exemples à suivre, de modèles à imiter.

Fermant les yeux, Marc-André se recueille un moment. «Seigneur, prie-t-il, donnez-moi la force de toujours continuer à me battre.»

Puis la fête commence, par la distribution des cadeaux et les délicieuses agapes, avec des airs traditionnels en arrière-fond. La joie est au rendez-vous, ainsi que la paix et l'amour. Cette nuit, Fred ne retournera pas dormir à la villa.

18

Lorsque l'enfant paraît

— J'sais pas ce qui se passe, bonhomme, chuchote Fred vers onze heures, le matin de Noël, mais j'ai l'impression qu'on est tout seuls dans le logement.

Les deux garçons sont tombés endormis dans le salon vers quatre heures du matin après avoir sommairement rangé les lieux. Leurs sacs de couchage ont à peine assez d'espace pour se déployer. Marc-André a prêté sa chambre à la mère d'Isolde pour la nuit.

Le jeune homme, qui dormait profondément, a du mal à se repérer dans la pièce encombrée. Puis, lentement, il se redresse.

— Qu'est-ce que tu racontes? bâille-t-il en se frottant les yeux. Les autres sont sortis?

Puis, brusquement, la portée de ses paroles atteint son cerveau. Vite il se lève et court dans la cuisine. Comme de fait, un message laconique est aimanté au frigo. *«Partis à l'hôpital.»* Son cœur se met à s'affoler.

— Qu'est-ce qui a bien pu se passer?

Au même moment, la sonnerie du téléphone les fait sursauter.

— Allô? Christian?

À l'autre bout de la ligne, son frère parle d'une voix hachée, fébrile.

— Bon, je comprends, dit Marc-André. O.K. mais donne-nous d'autres nouvelles au fur et à mesure, d'accord?

Il raccroche, l'air soucieux, et il renseigne Fred:

— Isolde a fait une poussée de tension tôt ce matin et sa mère et Christian l'ont ramenée à l'hôpital. Je ne comprends pas comment ça se fait qu'on n'a rien entendu. En tout cas... Le doc Pontchartrain est en train de l'examiner.

— Hé, prends sur toi, bonhomme! dit Fred en voyant Marc-André torturer ses jointures. Le doc va régler le problème. Allez, assieds-toi, je vais te faire à déjeuner.

— Il m'a dit qu'elle s'est mise à avoir des convulsions, murmure Marc-André, le visage crispé. Comme si elle avait besoin de ça!

Et, en voulant sortir des verres de l'armoire, il accroche un pichet vide, qui se retrouve sur le parquet, en mille miettes.

○

— Christian, je suis inquiet, déclare le Dr Pontchartrain sans ambages.

Les deux hommes sont assis dans un petit salon réservé au personnel de l'hôpital où le docteur a entraîné Christian pour lui parler d'Isolde.

— Ce que je craignais s'est produit, poursuit le médecin. Votre femme fait de l'éclampsie. C'est l'éclampsie qui provoque l'hypertension, ainsi que les convulsions. Même le cœur fœtal est touché, puisqu'il bat maintenant à un rythme anormal. La situation s'aggrave de minute en minute.

Blanc comme un drap, Christian s'agrippe au bras de son fauteuil.

— Mais faites quelque chose, docteur! supplie-t-il. Il doit bien y avoir une intervention possible...

— En effet, il y a une chose que nous pouvons faire: une césarienne. Voyez-vous, il est important que le bébé naisse le plus rapidement possible, parce que l'état de votre femme le met en situation de risque.

— Vous voulez dire qu'il pourrait mourir?

— Il pourrait faire un arrêt cardiaque *in utero*.

— Et Isolde, elle?

— Dans la plupart des cas, la naissance, qu'elle soit naturelle ou par césarienne, met fin à l'éclampsie. Je ne dis pas qu'Isolde ne court aucun danger, mais, compte tenu des risques que son état de santé actuel fait courir au bébé, je pense que la césarienne est ce qu'il y a de mieux à faire.

— Elle s'est tellement bien préparée à accoucher... Ne pourrait-on pas, tout simplement, provoquer l'accouchement?

— L'accouchement chez une primipare peut durer de longues heures, ce qui augmenterait d'autant les risques, tant chez la mère que chez l'enfant.

Conscient de l'effet terrifiant de ses paroles sur son interlocuteur, le médecin s'interrompt.

— Mais quelles sont les probabilités que tout se passe bien, selon vous, docteur? Isolde est réellement mal en point, si je vous comprends bien.

— Je ne vais pas faire de pronostic, Christian, ni vous donner de faux espoirs. Oui, Isolde est très malade. Oui, l'intervention comporte des risques. Faites comme moi et priez pour que tout se passe bien. Je voudrais tant voir Isolde vivre sa maternité en toute plénitude, après les nombreux sacrifices qu'elle a consentis pour mener à terme cette grossesse.

Une telle sympathie émane des paroles du médecin que Christian en est tout chaviré.

— Elle ne se doute de rien, n'est-ce pas? demande-t-il sans se donner la peine de cacher les larmes qui ruissellent sur ses joues.

— Elle sait que tout ne va pas pour le mieux, bien qu'elle ne soupçonne pas la gravité de son état. Sauf que nous devrons lui expliquer la situation telle qu'elle se présente, puisque c'est elle qui devra choisir. Allez, venez avec moi, votre présence lui sera précieuse.

○

À 17 heures 44, le 25 décembre, Mariane Nicolini-Courchesne fait son entrée dans le monde. Dans les circonstances, cette naissance s'est somme toute plutôt bien déroulée. Isolde a pu tout voir, puisqu'on ne lui a fait qu'une anesthésie locale. Née trois semaines avant terme, la petite pèse 3,2 kg et mesure 46 cm; une touffe de cheveux noirs coiffe son petit visage et sa maman, lorsqu'on la dépose dans ses bras, constate qu'elle a bien tous ses morceaux.

— ¡Mi querida, tu eres la más linda de todas las niñas del mundo![4] lui murmure-t-elle en la caressant affectueusement.

---

4. Ma chérie, tu es la plus jolie de toutes les nouveau-nées du monde!

Épuisée par un tour d'horloge complet de douleur et d'inconfort, elle s'endort ensuite, radieuse, tenant dans la sienne la main de son mari.

○

La sonnerie du téléphone retentit dans le logement. Marc-André se précipite.

— Allô? Christian! Quelles nouvelles? Formidable. Bravo! Mariane? Ouais, c'est pas pire! T'as la voix bizarre... On sait bien, ironise-t-il, ç'a dû être *très* fatigant pour toi! Mais Isolde, elle? Elle va vraiment mieux? Ça fait du bien de l'entendre. O.K. À plus tard.

Il dépose le combiné en faisant une petite grimace.

— Me v'là rendu «mon oncle», annonce-t-il en revenant au salon. Isolde a eu sa petite fille. Elle va s'appeler Mariane.

Et la joie éclate. Ils sont cinq à être suspendus à ses lèvres, Félix, Bobbie et Mercédès – les trois meilleurs amis d'Isolde –, Fred et Karine, que Fred a entraînée de force, sachant qu'elle serait seule chez elle jusqu'après l'accouchement. Les questions pleuvent sur Marc-André. Et les reproches quand on se rend compte qu'il n'a demandé ni le poids ni la taille du bébé, ni l'heure exacte de la naissance.

Et il s'attire carrément les foudres générales lorsqu'il lance d'un ton faussement découragé:

— Ouais, heureusement que je pars dans quelques semaines, parce que les nuits vont être blanches ici-d'dans pour un bout de temps.

— Espèce de goujat! lance Karine.

«Voilà sans doute un compliment sincère!» songe Marc-André.

— Je ne te pensais pas aussi sans-cœur, bonhomme! renchérit Fred.

— Bon, bien, ça suffit le niaisage! décrète Mercédès. Habille-toi mon oncle, on s'en va à l'hôpital.

— J'ai la voiture de mon père, dit Félix, mais je ne sais pas si on y rentre à six.

— Eh bien, frérot, c'est aujourd'hui que tu vas le savoir, parce que c'est ça qu'on va faire!

— Wô! objecte Bobbie, on ne peut pas arriver là en gang, comme ça!

— Je voudrais bien voir celui ou celle qui va nous en empêcher un soir de Noël! rétorque Mercédès, qui a déjà mis ses bottes et son parka. Allez, ouste! Grouillez-vous! Et dépliez vos piastres: on va défoncer la vitrine d'un fleuriste s'il le faut, mais on va trouver des roses quelque part sur notre chemin! Hé, c'est pas n'importe qui, là, c'est notre copine Isolde qui vient d'avoir un bébé!

○

À l'étage de la maternité, ils trouvent Christian qui parle avec l'infirmière du poste. Celle-ci, qui semble avoir une méfiance instinctive à l'égard des jeunes, les dévisage à tour de rôle avant de rendre son verdict. Sa patiente vient d'être amenée dans sa chambre, après une heure d'observation dans le bloc opératoire, et elle est vraiment très lasse. Sauf que c'est Noël, après tout, et la mégère veut bien les laisser entrer dans la chambre quelques minutes, à condition qu'ils se conforment au protocole. Elle remet à chacun un surtout en coton, un bonnet bouffant, des pantoufles géantes et un masque sanitaire.

— Et des gants, avec ça? glousse Fred.

Elle le foudroie du regard, mais répond sans se démonter:

— Non, mais vous allez tous vous laver les mains *devant moi* avant de vous habiller. Suivez-moi au lavabo.

En entrant dans la chambre, ils se dirigent instinctivement vers le berceau à roulettes dans lequel repose bébé Mariane. La vue de la surabondance de cheveux noirs sur sa petite tête les fait sourire, et les trois filles ont le même réflexe d'aller toucher.

— Vous ne faites que regarder, leur enjoint la mégère, interceptant leur geste. Et *seulement* avec vos yeux.

Elle a chuchoté si fort que le bébé fait la lippe.

— Elle est adorable! s'exclame Karine en se penchant pour l'examiner.

— Avez-vous jamais vu des ongles aussi minuscules! admire Bobbie.

— Tiens! Elle ouvre les yeux pour sa tante Mercédès! Guili-guili!

— Ouais, le prof, t'as bien travaillé! dit Félix à Christian. Félicitations.

Fred se tient à l'écart, comme si Mariane était une figurine en porcelaine qui pouvait se briser s'il s'en approchait. Marc-André contient à grand-peine son trop-plein d'émotion. Il ne s'attendait pas à être aussi bouleversé à la vue de ce bébé. Accroupi près du berceau, il espère que son tremblement de cœur passera inaperçu.

— Elle n'est pas pire, n'est-ce pas?

La question d'Isolde les fait sursauter. Du coup, ils abandonnent le bébé pour entourer la jeune maman qui vient d'ouvrir les yeux.

— Mets-en qu'elle n'est pas pire, répond Fred, elle te ressemble!

— Ça doit faire un brin mal, hein? murmure Bobbie.

— Ça fait *très* mal, ça tire de partout, mais je suis contente! Contente de ma petite, et contente de vous voir. Joyeux Noël! Merci d'être venus. Mercédès! Quelle surprise! Tu me parleras de la France, un de ces jours.

— Un autre tantôt, promet Mercédès. Avec tous les détails croustillants. Tu ne perds rien pour attendre.

— Ça s'est bien passé? s'informe Karine.

208

— Oui mais, évidemment, pas du tout comme je l'avais souhaité. J'aurais tant voulu accoucher normalement. Mais quand même, d'avoir ton père comme médecin, et la mère de Bobbie comme sage-femme, ça m'a beaucoup rassurée! En plus, il y avait ma mère et Christian. On est restés entre nous. Même si on était en salle d'opération, avec un gros éclairage, je suis sûre que Mariane a senti qu'elle était la bienvenue dans notre monde.

— On voulait t'offrir des roses, ronchonne Mercédès, mais y a pas un fleuriste qui est foutu d'ouvrir à Noël; et comme ces froussards refusaient de défoncer une vitrine, il a fallu se contenter des œillets du dépanneur.

Les gars ne savent pas trop quoi dire, alors ils se taisent. L'accouchement demeure une prérogative féminine et il leur arrive de devenir muets devant la grandeur de ce mystère. Pour sa part, Marc-André brûle de confier ses impressions à Isolde, mais pas devant tout ce monde. Il connaît très peu Bobbie et Félix, qui sont installés à Moncton. Quand à Mercédès, elle vit maintenant à Paris et c'est la première fois qu'il la voyait quand elle s'est pointée au logement cet après-midi. Alors, il préfère attendre un moment où Isolde sera seule pour lui parler.

Une quinzaine de minutes plus tard, l'infirmière s'approche résolument du lit et déploie un tensiomètre.

— Votre copine doit se reposer maintenant, dit-elle. C'est beaucoup d'émotions pour elle en une seule journée.

Sa voix s'est adoucie et les visiteurs obéissent sans rechigner. Un dernier coup d'œil au bébé et ils se retrouvent dans le couloir.

— Isolde est épuisée, déclare Mercédès. Pourvu que cette mégère prenne bien soin d'elle.

— Mais elle paraît si heureuse, ajoute Bobbie.

— Vous avez vu Mariane! s'exclame Fred. Ça va être une fonceuse, cette petite-là. Elle serre déjà les poings!

— Bon, bien, je vais aller voir ma mère, maintenant, dit Karine en enlevant son déguisement. Papa est sans doute avec elle.

— Comment va-t-elle? s'informe Marc-André en l'attirant à l'écart.

— Beaucoup mieux, répond Karine, dont le visage s'éclaire soudain. Elle fait du progrès depuis quelques semaines.

— Je suis bien content. Dis-lui bonjour de ma part, d'accord?

— Avec plaisir, fait-elle, surprise. Allez, j'y vais. Bye tout le monde!

— Félix, Bobbie et moi, on a un souper de famille, dit Mercédès. Qui a besoin d'un lift? Y a de la place en masse dans la voiture de Félix...

— On a vu ça tantôt! lancent Fred et Marc-André, qui déclinent l'offre en rigolant.

— Eh bien, tant pis pour vous autres! Tourelou, tout le monde!

Fred pense à son père, qu'il est allé saluer brièvement cet après-midi, et à sa mère, dont il n'a aucune nouvelle depuis dix mois. Remarquant sa morosité, Marc-André lui donne une bourrade amicale.

— Maintenant que tu as fait ton devoir pour la relève de la race, dit-il à son frère, viens donc te reposer à la maison. On pourrait se mitonner quelque chose de pas pire tous les trois.

— Pas question que je quitte l'hôpital. Je... j'ai eu réellement peur, les gars, je peux bien vous le dire. Si vous aviez vu les convulsions qu'elle avait ce matin! Tout ça pour dire que je ne bougerai pas d'ici les prochains jours. Marc-André, peux-tu annoncer la nouvelle aux parents?

— Aux grands-parents, tu veux dire! Ce sera fait, mon commandant! Tu sais que c'est déjà demain après-midi, là-bas, à Sydney?

19

Maëlstrom

Longtemps après les événements de cette nuit-là, Marc-André se demandera comment l'univers a pu s'écrouler en aussi peu de temps. Le temps de faire basculer la joie dans le cauchemar le plus noir...

Tout semblait bien aller, pourtant. Dès le moment de la naissance, le cœur du bébé a retrouvé un rythme normal, les convulsions d'Isolde ont cessé et sa tension est redescendue à un niveau rassurant. La nouvelle maman a dormi une nuit tranquille après avoir allaité Mariane pour la première fois.

Or, le 26 décembre en fin de soirée, elle est devenue très agitée, au point d'avoir beaucoup de difficulté à respirer, et, malgré une intervention immédiate du personnel hospitalier, l'état de la jeune femme s'est rapidement détérioré.

○

Marc-André s'éveille en maugréant. La sonnerie du téléphone au milieu de la nuit ne fait jamais plaisir. Fred l'a entendue aussi. Ils se retrouvent tous les deux devant l'appareil qui égrène son cinquième coup. Marc-André s'empare du combiné.

— Hallô! vocifère-t-il pour décourager l'effronté qui a osé venir troubler son sommeil.

La voix de Christian lui parvient comme un souffle, méconnaissable. Il a du mal à décoder ses paroles, qui n'ont d'ailleurs aucun sens.

— Qu'est-ce que tu racontes? Ça se peut pas!

Ses jambes flageolent et il tombe assis par terre.

— Christian! Dis-moi que c'est pas vrai! supplie-t-il en sanglotant.

Le combiné lui échappe des mains et Fred l'attrape au vol.

— Christian, dit-il, bouge pas de là, on arrive.

— Elle a fait une embolie pulmonaire, leur explique le Dr Pontchartrain. L'effet a été foudroyant. Ça l'a emportée.

Dans le salon de la maternité, le médecin essaie de faire comprendre aux deux copains ce qui s'est passé, mais lui-même est terriblement ébranlé par le décès de sa patiente.

— Elle était si jeune! gémit Fred. Elle aurait dû passer à travers.

— Au contraire, mon garçon, c'est à cet âge-là qu'on est le plus vulnérable. Les statistiques sont là, hélas, pour le prouver.

Épongeant son front, Louis Pontchartrain donne libre cours à son accablement. Il avait été appelé au chevet d'Isolde dès le début de sa grossesse, alors qu'elle était déjà plutôt mal en point. Depuis, il n'a jamais cessé de s'intéresser à elle et d'admirer son formidable courage devant les problèmes. Il s'est réjoui autant qu'elle de la naissance de Mariane. Mais il n'a pas su empêcher sa mort. Ses épaules retombent et il doit faire un effort considérable pour résister au désespoir. Percevant les signes avant-coureurs d'une crise, il tâtonne pour trouver un fauteuil, où il s'affaisse, le temps de laisser passer la douleur...

Fred et Marc-André ont eu, chacun à son tour, besoin de lui. Et c'est eux, cette nuit, qui lui

214

donneront le courage de ne pas se laisser emporter vers le fond. D'ailleurs, il n'a pas encore mis toutes ses affaires en ordre. Alors, même si la tentation est forte, il va faire ce qu'il faut pour s'en sortir une fois de plus. Discrètement, il extirpe de sa poche une pilule qu'il dépose sous sa langue. Comme dans un écho, il entend Marc-André qui gémit:

— J'avais tellement de choses à lui dire...

Louis pense à sa femme qui marche vers la guérison en s'éloignant de lui; à sa fille qu'il est forcé de négliger si souvent; à sa pseudo-famille qui n'a plus d'âme. La consolation qu'il puisait à voir s'épanouir cette autre famille, celle d'Isolde et de Christian, lui est désormais retirée. Que va-t-il arriver maintenant chez les Courchesne? Marc-André s'envole à l'autre bout du monde. Christian a enfin un travail à sa mesure qui l'oblige à faire des semaines de quatre-vingts heures. Qui va prendre soin de la pitchounette? Ah pourquoi? Dans la société de demain, la famille ne sera-t-elle plus qu'un vestige poussiéreux d'une civilisation dépassée?

Et puis comme un coup de cravache frappe le doute, impitoyable. Quelque part, la perte d'une patiente est toujours une défaite personnelle qu'il se reproche amèrement. Qu'aurait-il pu – dû – faire pour l'éviter? Isolde n'a pu jouir de sa maternité qu'un seul jour, elle qui s'en promettait une telle joie.

— Ça va, doc? demande Fred, troublé par l'air ravagé du médecin.

— Désolé, les gars, vous me surprenez en pleine défaillance.

— Allez dormir, doc. Ça doit faire longtemps que vous n'avez pas embrassé votre oreiller. C'est fini, maintenant, à quoi bon vous rendre malade?

— Non, il y a d'autres formalités à remplir. Rien de très agréable, mais... pas le choix. Écoute, Marc-André, ton frère...

Une bouffée d'émotion lui coupe la parole. Il a laissé Christian, foudroyé, près de sa femme. Le jeune veuf a demandé à rester seul avec elle dans la chambre.

— Ton frère va avoir besoin de toi, réussit enfin à articuler le docteur. C'est pour lui que ça va être le plus dur. Il le prend très mal.

Marc-André comprend l'inutilité de la réplique qui lui monte aux lèvres: «Moi aussi je le prends très mal. Je ne le prends pas du tout. Comment peut-on mourir si jeune? On meurt à quatre-vingt-dix ans! Pas à dix-neuf.» Mais c'est sa femme, c'est son amour, que Christian vient de perdre. Sa raison d'être. La mère de sa petite fille. À cette pensée, ses larmes jaillissent. Fred lui entoure les épaules sans rien dire.

Les yeux braqués sur la porte close, les deux compères s'assoient dans le couloir. Ils veilleront le temps nécessaire. Et lorsque Christian sortira de la chambre, ils seront là, à ses côtés, pour pleurer avec lui.

○

— Elle a serré ma main tout le temps que le docteur lui expliquait pourquoi il voulait faire une césarienne; puis, tout à coup, elle a fait oui de la tête. «C'est pour elle que j'accepte, a-t-elle dit. Je veux que ma petite fille vive avec un cœur parfait.» Mais elle pleurait. Elle avait compris qu'elle allait peut-être mourir et elle s'est mise à frémir de terreur, agrippée à moi. Puis peu à peu la paix est revenue sur son visage et elle m'a dit: «J'ai été heureuse avec toi, Christian. Plus heureuse pendant nos quelques mois ensemble que pendant tout le reste de ma vie. Même si je devais m'en aller aujourd'hui, mon bonheur serait complet. Pour autant que ma fille, elle, soit en bonne santé, je n'aurais rien à regretter.» Puis elle m'a demandé de faire une croix sur son front et de prier avec elle. Et nous sommes restés ainsi, isolés dans notre cocon d'amour, jusqu'à ce qu'on vienne la chercher pour l'amener à la salle d'opération.

Assis dans le salon du logement, Fred et Marc-André écoutent Christian épancher sa douleur. Son deuil. Il répète les mêmes mots, raconte et raconte encore.

— Elle a été si bien toute la journée. Elle avait l'air en parfaite santé.

De temps à autre, sans crier gare, une crise de larmes le secoue. Ou un accès de révolte...

— *Comment est-ce que je vais pouvoir continuer à vivre sans elle!*

... ponctué d'un grand coup de poing dans l'air.

«Je me pose la même question, songe Marc-André. Qu'est-ce qui va se passer?» Il se secoue, il ne veut pas penser à ça maintenant. Il voudrait serrer Rébecca dans ses bras, lui confier sa douleur, se faire réconforter par elle. Mais elle n'a pas laissé de numéro de téléphone et ne revient que dans trois jours. «S'il fallait qu'elle meure, elle aussi, sans qu'on n'ait jamais fait l'amour...», songe-t-il avec effroi. Et voilà qu'une incontrôlable bouffée de désir l'assaille à lui faire mal. Ô Rébecca!

Marc-André voudrait se réveiller mais le cauchemar est à peine commencé. Les odieuses formalités, alors qu'on aimerait demeurer seul avec son chagrin. La peine des autres, qui nous fait mal... La mère d'Isolde, complètement dévastée; anéantie; incapable de réagir. Christian, dégingandé, les cheveux hirsutes, l'allure plus démesurée que jamais. Bobbie, Félix et Mercédès, qui s'amènent à l'église comme des âmes en peine. Les voisins de la rue du Ruisseau, qui ne retiennent pas leurs larmes. Mme Lévesque, avec Francis et Martin. Tous ces gens éplorés...

La surprise, c'est de voir entrer *ensemble* Karine et ses parents. Ça, Marc-André ne s'y attendait pas. Le docteur lui serre la main sans rien dire. Karine l'embrasse en pleurant. Puis, le visage empreint de sympathie, Estelle Pontchartrain s'approche à son tour. Quelque chose dans le regard qu'elle pose sur lui le décontenance. La détresse y est encore bien présente, mais il voit aussi une faible lueur qui brille tout au fond.

— Bon courage, Marc-André, je sais que ce que tu traverses est très pénible. Mais, même si les circonstances ne s'y prêtent pas vraiment, chuchote-t-elle de façon que lui seul entende, je tiens à te dire une chose: j'ai fait comme tu me suggérais et j'ai brisé mon miroir.

Encore une fois Marc-André ne sait pas comment gérer son trop-plein d'émotion. Il veut lui serrer la main mais elle l'embrasse sur les deux joues. Il pleure à chaudes larmes lorsqu'il se dégage. Quelque chose vient de se déchirer en lui. Un voile. Il n'en peut plus.

La veille au soir, Rébecca lui a téléphoné:

— Tu me manques, a-t-elle lancé lorsqu'il a répondu. J'appelle pour être sûre que tu seras là quand j'arriverai demain soir.

La mauvaise nouvelle l'a rendue muette au bout du fil et, pendant plusieurs secondes, il n'a entendu que sa respiration bruyante. Puis:

— C'est affreux, Marc-André. Je... je t'offre toutes mes condoléances.

Formule banale, mais il a senti la sincérité dans les mots.

— Je l'ai vue seulement quelques fois, a-t-elle ajouté, mais c'était quelqu'un de bien. J'ai de la peine pour toi et pour Christian. Je regrette de ne pas avoir eu la chance de la connaître vraiment. Et la petite... Que va-t-il lui arriver? Est-elle encore à l'hôpital?

— On ira la chercher après le cimetière pour l'amener à la maison.

— Marc-André, je vais raccrocher, je suis trop bouleversée, je ne sais pas quoi dire. On devrait rentrer au faubourg demain vers 20 heures. Je viendrai te voir, d'accord? D'ici là, je n'arrêterai pas de penser à toi.

Il est resté debout devant l'appareil, étreignant le combiné, se nourrissant de ces promesses.

Tous les jours, depuis la mort d'Isolde, il se rend à l'hôpital voir Mariane. Chaque fois, il enfile la tenue aseptisée qui lui permet de prendre le bébé. Les infirmières lui ont montré à lui donner son bain, à changer sa couche, à préparer le biberon, à lui faire faire des rots. Elles lui manifestent beaucoup de gentillesse. À deux reprises, assis dans la pouponnière, il a fait boire sa nièce. Il connaît maintenant par cœur la forme de son nez, les plis de son menton, les petites moues qu'elle fait avec sa bouche, sa façon particulière de plisser son front en buvant, le noir profond de ses yeux. C'est le plus beau bébé du monde.

Ces visites à l'hôpital le bouleversent et lui font du bien en même temps. «Au moins, j'aurai fait ma part avant de m'en aller», se dit-il en se rappelant sa promesse à Isolde. Il se demande quand Christian va sortir de son marasme. Jusqu'ici, dans leurs conversations, il n'a jamais été question de Mariane ni des dispositions que le papa entend prendre à son sujet. «Il va pourtant falloir que quelqu'un s'en occupe!» songe Marc-André. Il y a Mme Nicolini, bien sûr. Elle est venue à l'hôpital, une fois.

— Mais elle a passé son temps à pleurer et à se lamenter en espagnol, lui ont confié les infirmières. Ce n'est pas très sain pour un bébé.

Dès la première seconde où il a serré Mariane contre lui, petit paquet de vie si fragile, mais si solide aussi, Marc-André a eu la certitude de tenir un trésor entre ses mains. Et au fur et à mesure qu'il prend de l'assurance avec elle, qu'il a moins peur de la briser ou de la laisser échapper sur le sol, son sentiment d'affection se double d'une puissante envie de la protéger. Ce sentiment se renforce avec chaque visite. Il sait d'ores et déjà qu'il aura beaucoup de peine à se séparer d'elle.

«Encore huit jours avant mon départ», songe-t-il, en écoutant l'abbé Marchesseault mettre un peu de baume sur la tristesse des fidèles qui assistent aux funérailles. Il se demande si Rébecca accepterait de retarder le départ de quelques jours, pour qu'il puisse s'assurer que Mariane recevra tout le nécessaire. «Ça précipiterait un peu notre voyage, mais après tout, l'école ne commence qu'en février à Sydney.»

«Parole d'honneur, assure-t-il solennellement à Isolde en fixant le cercueil, je m'en irai seulement lorsque je serai rassuré quant au sort de ta fille! Je t'ai promis l'autre matin qu'elle ne souffrirait pas de ton départ et je tiendrai promesse. Si Christian est trop bouleversé pour prendre des décisions, c'est moi qui y verrai. Je veux que tu reposes en paix.»

À côté de lui, son frère est secoué de sanglots muets et Marc-André le soutient de son mieux. Le prêtre récite les prières de l'absoute, mais le garçon ne l'entend pas. Seule résonne dans sa tête cette autre prière, qui lui sert de guide et de soutien depuis qu'il a renoncé aux drogues: *Mon Dieu, donnez-moi la sérénité d'accepter les choses que je ne peux changer, le courage de changer celles que je peux, et la sagesse d'en connaître la différence.* Mais cette prière prend aujourd'hui une tout autre dimension.

ÉPILOGUE

Montréal, le 6 janvier

Cher Marc-André,

La nuit que nous venons de passer ensemble restera à jamais gravée dans ma mémoire, ainsi d'ailleurs que tout ce que j'ai vécu avec toi pendant les derniers mois. J'ai appris beaucoup de notre idylle, qui fut une sorte d'introduction à ma découverte du monde, même si cette idée vient seulement de me frapper.

J'ai dix-huit ans aujourd'hui et, quand tu liras cette lettre, je serai déjà partie. Sans toi. Je n'ai pas pris cette décision à la légère. Je sais que tu souhaitais de tout ton cœur te joindre à moi, mais je m'en suis allée sans t'attendre. Je pense qu'au fond tu en seras soulagé.

Tu m'as demandé de retarder le départ et ça m'a mis la puce à l'oreille. Ensuite, quand je suis allée chez toi et que je t'ai vu t'occuper de la petite comme de la prunelle de tes yeux, j'ai compris. Cette enfant-là s'est déjà attachée à toi, c'est à toi qu'elle fait ses plus jolis sourires, ses plus beaux babils... Et toi, tu ne jures que par elle.

Tu ne serais pas capable de l'abandonner.

Il faut pouvoir partir libre de toute attache, je te l'ai dit souvent.

Nous aurions pu ne jamais nous connaître. Mais le destin nous a réunis et, après lui en avoir voulu longtemps, je lui en suis maintenant reconnaissante. Pour rien au monde je ne voudrais avoir manqué cet épisode de ma vie.

Tu es mon premier amour, Marc-André. Je ne te l'ai jamais avoué clairement, même si je suis souvent venue très près de le faire, mais je t'aime depuis le premier soir. À mon corps défendant, il faut le dire. Je redoutais et je souhaitais avec la même intensité chacune de nos rencontres. Mon cœur éclatait chaque fois que tu entrais dans la salle à manger de l'hôtel, même quand nous ne pouvions nous toucher parce que nous devions travailler. Je luttais de toutes mes forces contre cette attirance. Je la niais, je la rejetais, je la réfutais. Mais quand on se voyait, je tombais fatalement sous ton charme et dans tes bras. Tes baisers me transportaient au septième ciel, et je m'en voulais à chaque fois.

Je sais qu'on en serait venus à faire l'amour si on était partis ensemble. On est allés trop loin dans l'exploration de notre intimité. On n'aurait pas pu reculer indéfiniment. C'est un des facteurs qui ont guidé ma décision, je te l'avoue. Je préfère attendre pour assumer cette responsabilité-là.

Et je te remercie de l'avoir compris malgré moi cette nuit.

Car, malgré mes belles paroles, j'étais décidée à aller jusqu'au bout. Je savais que je partais aujourd'hui, tu l'ignorais. Je me disais, c'est maintenant ou jamais. On ne se reverra plus. C'est pour ça que je suis restée avec toi au logement hier soir. Ton frère travaillait de nuit et tu étais seul. Enfin, seul avec Mariane. En fait, je serais restée même si ton frère avait été là. C'était maintenant ou jamais, comme je disais.

J'ai aimé ton regard sur ma peau quand tu m'as déshabillée, et tes mains, et tes lèvres... Tu m'as fait vivre une gamme d'émotions comme je ne suis pas certaine d'en revivre jamais. Quand nous nous sommes enlacés dans ton lit, j'ai vibré plus que toutes les autres fois. Tu as un très beau corps, tu sais. J'ai eu beaucoup de plaisir à le caresser.

Il s'en est fallu de peu que nous franchissions la dernière barrière... J'ai vu la boîte de condoms sur ta commode. Je sais que tu t'es abstenu par respect pour moi. Dans ma fébrilité, je l'ai presque regretté. Mais maintenant, j'en suis contente.

En revenant chez moi ce matin, dans cette voiture qui devait nous mener aux confins de l'Amérique, j'ai été tentée d'attendre quelques jours au cas où les choses s'arrangeraient pour toi et que tu puisses venir, mais je savais que c'était peine perdue. Tu ne pourras pas quitter Mariane tant que ton frère travaillera à ce rythme effréné, et il m'a dit lui-même qu'il en avait pour des mois. C'est son exutoire à lui, c'est sans doute comme ça qu'il va pouvoir s'en sortir. Alors, même si la maman d'Isolde s'occupe du bébé pendant que tu vas à l'école, c'est toi qui assures la permanence. Je t'admire de le faire. Je n'en serais pas capable.

Sitôt ma décision prise, j'ai poussé un profond soupir de soulagement. Et soudain, comme un raz-de-marée, l'attrait du voyage a déferlé sur moi. Une tornade d'excitation m'aspirait, puissante, virulente, impérative. Les oiseaux qui volaient dans le ciel matinal m'invitaient à la découverte de l'univers. J'ai été obligée de me garer au bord du trottoir pour laisser passer l'étourdissement qui me gagnait.

Marc-André, je t'aime, mais je ne peux résister plus longtemps à l'appel de l'aventure. Partout où j'irai, je me servirai de la boussole que tu m'as donnée à Noël. Je l'ai attachée à une chaîne que je porterai au cou. Elle sera toujours contre mon cœur.

Je ne t'oublierai jamais.

Ta gitane

Table des matières

CROISSANT ST-ROCK

CÔTE-AU-SIROP
DE LA VIEILLE FERME
AIRE DU VERSEAU

MONTÉE À REBOURS
DODGSON
DE LA SABLIÈRE
DES DUCATS
ALLÉE DES COUVENTINES
BOULEVARD DE LA PASSERELLE

WODEHOUSE

POLYVALENTE LA PASSERELLE

MAURICE-RICHARD

DE L'ALLIANCE

DE L'OASIS

DU MARAIS

ST-COEUR

PARSNIP
CHARLEMAGNE
DE LA DAGUE
TREMBLAY

GARE

HÔPITAL

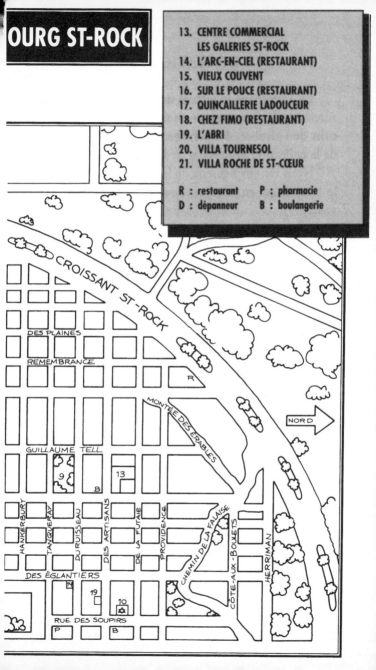

OURG ST-ROCK

13. **CENTRE COMMERCIAL**
    LES GALERIES ST-ROCK
14. **L'ARC-EN-CIEL (RESTAURANT)**
15. **VIEUX COUVENT**
16. **SUR LE POUCE (RESTAURANT)**
17. **QUINCAILLERIE LADOUCEUR**
18. **CHEZ FIMO (RESTAURANT)**
19. **L'ABRI**
20. **VILLA TOURNESOL**
21. **VILLA ROCHE DE ST-CŒUR**

R : restaurant   P : pharmacie
D : dépanneur   B : boulangerie

CROISSANT ST-ROCK

DES PLAINES

REMEMBRANCE

R

MONTÉE DES ÉRABLES

NORD

GUILLAUME TELL

9

B

13

HANKERBURY

TANGUERAY

DU RUISSEAU

DES ARTISANS

DE LA FUTAIE

PROVIDENCE

CHEMIN DE LA FALAISE

CÔTE-AUX-BOULETS

HERRIMAN

DES ÉGLANTIERS

14

19

10

RUE DES SOUPIRS

P

B

INVITATION

En terminant la lecture de ce livre, vous avez sûrement des impressions ou des commentaires au sujet de l'histoire, des personnages, du contexte ou de la collection «Faubourg St-Rock» en général.

Nous serions heureux de les connaître, alors, si le cœur vous en dit, écrivez-nous à l'adresse suivante:

Éditions Pierre Tisseyre
a/s Marie-Andrée Clermont
5757, rue Cypihot
Saint-Laurent (Québec)
H4S 1R3

Un grand merci à l'avance!

Œuvres de Marie-Andrée Clermont

Alerte au lac des Loups, roman d'aventures pour les adolescents, Fides, coll. du Goéland, 1980.

Les aventuriers de la canicule, roman d'aventures pour les adolescents, Fides, coll. des Mille îles, 1982.

Destination aventure, chronique de voyage rédigée en collaboration, Fides, 1985.

Jour blanc, roman d'aventures pour les adolescents, éd. Pierre Tisseyre, coll. Conquêtes, 1986, en collaboration avec Frances Morgan.

Retrouvailles, nouvelle pour la jeunesse parue dans *Mauve et autres nouvelles*, éd. Paulines, 1988.

Flash sur un destin, roman pour la jeunesse, en collaboration, éd. Pierre Tisseyre, coll. Conquêtes, 1990.

La nuit mouvementée de Rachel, nouvelle pour les jeunes, éd. Hurtubise HMH, coll. Plus, 1991.

L'engrenage, roman, éd. Pierre Tisseyre, coll. Faubourg St-Rock, n° 1, 1991.

Roche de St-Cœur, roman, éd. Pierre Tisseyre, coll. Faubourg St-Rock, n° 5, 1992.

Poursuite, nouvelle, éd. Hurtubise HMH, coll. Plus, 1992.

Double foyer, roman, éd. Pierre Tisseyre, coll. Faubourg St-Rock, n° 9, 1993.

Le silence des maux, roman pour la jeunesse, en collaboration, éd. Pierre Tisseyre, coll. Conquêtes, 1994.

D'amour et d'eau trouble, roman, éd. Pierre Tisseyre, coll. Faubourg St-Rock, n° 13, 1994.

Le gros lot, in *Nouvelles du Faubourg*, éd. Pierre Tisseyre, coll. Faubourg St-Rock, n° 14, 1995.

À la belle étoile, conte fantastique, en collaboration, éd. Pierre Tisseyre, coll. Papillon, 1995.

La marque rouge, roman, éd. Pierre Tisseyre, coll. Faubourg St-Rock, n° 17, 1995.

La gitane, roman, éd. Pierre Tisseyre, coll. Faubourg St-Rock, n° 19, 1996.